襄平
薊
北平
南皮
北海
平原
鄴
濮陽
陳留
小沛
下邳
許昌
汝南
壽春
吳
建業
盧江
江夏
會稽
吳
柴桑
長沙
桂陽

西涼
天水
長安
洛
漢中
尚庸
襄陽
梓潼
蜀
永安
成都
江洲
武陵
雲南
零陵

少年魚郎助孫權

文 王文華　圖 托比

序

連敵人都佩服的人物

三國，一個波瀾壯闊的年代，一個盛產英雄的亂世，你會想起哪個英雄豪傑？是劉備？是曹操？還是孔明、關羽？……這些人，個個都是大英雄、大豪傑，其實，還有個孫權，你不能不注意他。

孫權的東吳，地小人少，誰會想起他？

但是，三國若是少了孫權，弱小的蜀國無法與曹操相抗衡。少了東吳，三國只剩兩國，多無趣呀。幸好有孫權，我們才有精采的《三國演義》可以看。

三國，基本上是二小對抗一大的局面，一大是曹操的魏國，二小是劉備的蜀漢和孫權的東吳。

劉備與孔明有〈隆中對〉，定出三分天下的策略。

孫權與魯肅第一次見面，魯肅也提出一個榻上策——立足江東，攻佔劉表的荊州，然後三分天下。

三分天下的策略後來做了更改，有很長一段時間，孫權都與劉備結盟，合力對抗北方的曹操。

孫權厲害的地方在於，他很少和曹操起衝突，這是因為孫權有靈活的外交手腕，與大國能和平相處，與蜀國相依相扶，所以我們看到諸葛亮多次北伐，卻少見到江東主動攻擊北方的曹操。

孫權不想圖霸天下嗎？他想的，但是東吳好像犯了忌，儘管江東人才濟濟，專出英雄帥哥，但東吳的人才幾乎都是英年早逝，別說孫權的爸爸孫堅、哥哥孫策，其他像是英勇善戰的太史慈、凌操，能與孔明媲美的周瑜、堅持要與蜀國交好的魯肅，一個個都在中壯年就因戰、因病而去世。

他們的去世，造成江東人才庫大失血，尤其是魯肅的過世，讓孫權大膽激進了起來，因為再也沒人勸他要和劉備友好了。他一時間決定收回荊州、與關羽開戰，因而引起了蜀漢報復性的軍事行動，幸好有陸遜力挽狂瀾，孫權也即時修正路線，重新回到二小對抗一大的聯盟，這才穩住局面。

《三國演義》裡的孫權，遇事老是左思右想，讓人心急如焚，從不下個爽快的決定。

實際上的孫權呢？

《三國演義》取材自《三國志》，只有回到《三國志》，才能讓孫權的面目清晰起來。在《三國志》裡，孫權接下父兄的大業，帶領江東。

他曾以雙戟擲猛虎，臨危不懼。

他曾在濡須口大戰時，親自站到第一線，指揮東吳軍隊包圍曹軍，最後生擒三千多名敵軍。

孫權還曾率領水師深入曹營五、六里，當時曹軍萬弩齊發，那些箭矢全射在孫權的船上，讓船偏了一邊，幾乎快翻覆了，孫權怎麼辦呢？孫權命人把船掉頭繼續受箭，直到兩邊受箭平均，這才大搖大擺的鼓樂齊鳴而還。

孫權的勇氣膽略，讓曹操讚歎不已：「生子當如孫仲謀！」

厲害吧，能讓敵人這麼佩服。

我很喜歡孫權，前幾年去鎮江旅行時，看了不少東吳的三國遺物，走到武昌黃鶴樓，一般人只記得崔顥和李白的黃鶴樓，卻少有人知道，最早是孫權在這裡蓋了瞭望高樓，為的是偵察江北對岸曹操動靜。

爬上黃鶴樓，站在樓頂登高遠眺，長江一脈朝海而去，江對岸煙如紗籠，數不清的大樓，看不完的江船，在那裡，我想到了孫權。

他當年站在黃鶴樓上，看著江對岸的曹操大軍，想著父兄留下的基業，那時，他是怎麼想的呢？

請來認識三國較少人注意到的孫權吧！

目錄

曹

人物介紹

于龍，太湖邊的漁家少年郎，拿著釣竿騎著家裡的母馬花現從軍，加入凌操帶領的先鋒營。于龍希望能立個大功，賺一把青羅傘蓋回家光宗耀祖。從軍後與凌統、大柱子等人結成好友，一起訓練，一起征戰。卻在合肥之戰裡，先鋒營全軍覆沒後，他發現，身在亂世……

孫權，字仲謀，藍眼睛紫鬍子，像個外國人，他有靈活的外交手腕，也有一批忠心耿耿的臣子，立足江東，想要圖霸天下，赤壁之戰時，與劉備結盟，合力打敗曹操，連曹操都不禁要誇：「生子當如孫仲謀」呢！

凌統

凌統，凌操之子，是東吳有名的少年小將，父親為錦帆賊甘寧所害，孫權命他為破賊校尉，帶領父親的部隊，征服了山越之亂。凌統一心想為父報仇，命運弄人的是，錦帆賊甘寧竟投入東吳陣營，還曾救了他的命，這該怎麼報仇呢？

張昭，字子布，是東吳重要的大臣，他個性剛直，遇到不對的事，就會開始「碎碎念」，東吳的大大小小官員最怕張老夫子的碎念神功，只要他開始念人，連孫權也會求饒。

魯肅，字子敬，一般人看三國演義，總認為魯肅老實忠厚，常上孔明的當。其實魯肅人高長得帥，智謀好，武藝高。他大方，周瑜向他借糧食，二話不說就把家裡僅剩的糧食分一半出去；他聰明，孫權第一回與他見面，就佩服他的榻上策，這個策略，成了東吳主要的外交方針呢。

周瑜，字公謹，江東著名的大帥哥，太太小喬也是江東的大美女，才子配佳人，是江東最著名的夫妻檔。周瑜武藝高強，領軍打仗武功高強，就是常常被孔明氣到半死。其實周瑜應該換個角度想一想，他的老婆比孔明的漂亮，他的長相比孔明英俊，這樣想，就會開心了。

1 孤缺大將

聽說在廣闊無邊的太湖下有個龍宮，住著太湖龍王。

龍宮不平靜，因為太湖龍王鬧頭痛，天天在床上翻來覆去，說是他夢見一個紫色鬍子藍眼睛的人來託夢，喊著：孤缺大將，孤缺大將。

太湖龍王沒讀過什麼書，問了蝦兵蟹將也沒人知道，天底下有哪個將軍叫做孤缺的。

找不著孤缺大將，紫鬍子藍眼睛的人夜夜來煩他。

孤缺大將、孤缺大將的叫聲，屢屢讓太湖龍王從夢裡驚醒。

太湖龍王因此有了熊貓眼。

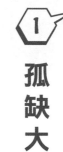

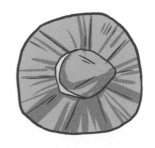

太湖裡最有智慧的長老石龜，也因此被請來了。

「我這失眠有什麼……」

長老石龜笑一笑：「要治熊貓眼，先問失眠症，您說那是一位什麼大將？」

「孤缺大將。」

「孤缺大將呀……」長老石龜說：「他是紫鬍子藍眼睛？」

「簡直是異人呢！」

長老石龜哈哈一笑：「這位異人就是孤，他說他少一名大將軍，向您求救來了。」

「所以孤缺大將就是……」

長老石龜很有把握：「就是『我缺一名大將軍』的意思，孤就是

『我』，『我』就是孤，他未來是人間之王，但尚缺一名陣前保衛大將，向您求援來了。」

「缺將軍，那簡單，我借他一位，魚龍使者聽令。」

蝦兵蟹將裡，站出一位通體散發金色光芒的小將。

「魚龍使者，命你立刻去保護那個孤。」

「得令！」魚龍使者二話不說，拿了令旗往外就走。

魚龍使者心想，保護一個凡夫俗子沒什麼了不起，他只要唸個訣、施個法，什麼妖魔鬼怪不全都立刻打趴。

他出了宮門，正想往上游，手卻被人抓住，是長老石龜。

「我奉命出宮辦事，你……」

長老石龜搖搖手：「我話還沒說完，別急。這紫鬍子藍眼睛的孤是個君王，他剛投胎，你現在趕去，已經慢了他幾個時辰，照人間曆法來算，就慢了幾歲。注意呀，他是你的未來主子，你投胎為人後，要慢慢的找他，記得呀……」

「你說我也得投胎？」

「當然呀，這任務呀，事關太湖龍王睡覺問題，說大不大，說小不小，這麼說起來呀，你要一直……十年後任務……」石龜的話很長，魚龍使者其實沒聽完，因為他才聽了幾句，咻的一聲，他已經被一股又急又快的水流給吸進深深的湖底……

差不多就在同一時間，太湖邊，于家塢，一戶人家傳來一陣嘹亮的嬰兒哭聲。幾個人在屋裡屋外奔走，人們笑著跟那個漁戶說：「老于呀，恭喜恭喜，你太太生了個小魚郎……」

2 紫鬍子藍眼睛的主公

生平頭一遭，我嫌花現跑太慢了。

「呀！呀！」我嘴裡吼著，馬鞭不斷的揚著，平時我哪會拿馬鞭對待花現，我連下雨天都捨不得牠出門的呀！

今天不一樣，我恨不得花現長出一對翅膀，直接飛到二爺那裡。

山神廟裡，不就畫了飛天馬嗎？可惜花現沒翅膀。

出了城，雨勢更大了，山邊的雲層黑得像濃墨。

江邊官道看起來像河流，花現想快，也快不起來；要是不小心，踩進長江裡，再快也沒用。

「要說主公……主公受了重傷？」奉命要傳遞的消息，偏偏是壞消息，讓我一顆心七上八下。待會兒，見了二爺該怎麼說？

說主公傷勢嚴重？

還是說江東目前一片亂糟糟？

如果說主公陷入昏迷，江東無人？

好像怎麼說都不太對，我嘆了一口氣。這種時候既然跑不快，那就表示，我還有幾個時辰可以慢慢想。

但是，才想到了主公，我的眼淚就拚了命想流出來，彷彿要跟雨比賽似的。

主公怎麼會受傷呀？他那麼大本事的人，上馬殺敵，下船衝鋒，看見我們，總是豪爽的笑；他是江東的討逆將軍，怎麼會受傷？

但，主公就真的受了傷、中了暗算，一枝箭射中他的臉。我寧願那枝箭射中的是我，不是他。

江東人，誰不愛主公——討逆將軍孫策。大家都拿周瑜跟他比，一個周郎，一個孫郎，兩個都是少年英雄，同年出生，兩人都娶了喬國舅家的女兒。

私底下，我比較喜歡主公。

主公的個性跟他爹——江東之虎孫堅一樣，豪爽不拘，英勇善戰，敵人再強也不怕。

去年夏天出征黃祖，黃祖出動十艘蒙衝戰艦，程普將軍他們被擊退了，主公跳上船頭，擂著戰鼓，硬是把士氣拉得比天高。

「輸，就算輸到剩下一名士兵，咱們也不退。」主公吼著，他的聲音像是有法術，膽小的人挺身而出了，害怕的人拾起刀槍了。那一戰，多神奇，黃祖戰無不勝的蒙衝戰艦，全被江東子弟擊進江裡。

雨勢滂沱，往事一幕幕……

兩年前，我還跟著我爹打魚。那一天，我們在江中捕魚，後頭傳來一陣鼓噪，是江東水軍。

爹把船划到江邊，他指著最前頭的戰艦說：「于龍，亂世做人不容易，想在亂世出頭就得學孫郎，跟著孫郎打天下。」

那是我第一次見到孫策主公。主公站在戰艦船首，年輕英挺，銀盔白袍，白袍在風裡翻飛。他不知道喊了一聲什麼，剎時，跟在他身後的幾十艘船，全都擂起了隆隆戰鼓。

孫郎真的有
夠帥！

「真好看。」我讚歎。

爹看了我一眼：「江東少年多豪傑，不知道咱們于家有沒有這樣的少年英雄呢？」

「當然有，而且，我就是！」不知道為什麼，一提上戰場，我特別來勁，看到主公那英挺的樣子，特別感到親切。

我對爹說的話，爹說給于家塢村子口的老蔣聽，老蔣的兒子大柱子也在軍中。於是，我牽出家裡的花現，帶著我的釣竿，兩塊我娘自己揉、自己煎的油餅，騎了幾十里路進城投軍。

城門口，一塊特大號的「募」字旗迎風招展。

「我要從軍打仗。」我對招募的軍爺喊。

瘦瘦乾乾的軍爺，要我站在一旁等：「小魚郎也想上戰場？」

「軍爺，自古英雄出少年嘛！」

「有道理，江東就需要你這種少年郎。你在這裡等，一會兒有人來領你。」

等啊等，等啊等。

天空好藍，白雲一朵一朵散步行軍似的。我蹲在大街上晒太陽，釣竿架身邊，花現趴我後頭。

「釣竿？一個小魚郎？」一匹白馬停在我面前，馬上的人說話，聲音低沉有磁性。「孩子，你拿著釣竿怎麼上場打仗呀？」

我抬頭，陽光灑在他身上，銀色的盔甲閃耀著光芒，我吶吶的說不出話來。

「孫郎？」是孫策主公在跟我說話？

他隨手拋了一把刀給我，很沉。

「會不會使？」

我搖搖頭：「但是我釣過江裡的白龍魚。」

主公笑了：「哦，看來咱們江東要多個白龍戰士啦。去吧，今天起，你就跟著凌統吧！」

凌統年紀跟我一樣大，可是已經當小隊長了。他爹叫凌操，是破賊校尉（註一），統領先鋒營。凌統講起他爹的故事，三天三夜說不完。除了我，凌統手下有一幫親兵，都是我們于家塢出來的人，老蔣的兒子大柱子當鼓號手，小柱子是掌旗官，大家年紀差不多。

「要在江湖拚點好名聲。」凌統喜歡穿紅色的袍子，也是少年英雄，他對著大家喊：「先鋒營的兄弟們，懂不懂？」

「懂！」我當然懂，出來打仗，不就是想成名嘛，最好做個大將軍，才能光宗耀祖。

凌統多看了我一眼：「于龍，你這個少年魚郎好好練，打仗不比打魚，怕吃苦、怕流血的，只能回老家捕魚去。」

「放心，你能做的我統統都會做。」我很用力的告訴他，大刀一揮，一道閃電出現在半空，轟隆轟隆作響。

今天早上，烏雲捲在天邊，難得張老夫子不在，主公心情大好，決定去打獵。

主公的個性急，他的雪影蹄輕跑得快，一下子就把我們一票先鋒營弟兄甩在後頭。

我和大柱子想追，凌統笑說：「于龍，莫慌莫急，就像你打魚一樣，你得耐住性子。說不定這會兒主公遇見一頭老黑熊，他一箭正要射倒老黑熊，你突然跑出去亂竄亂吼，若是嚇跑老黑熊，你瞧主公饒不饒得了你？」

凌統說的沒錯，平時張老夫子管得嚴，根本不讓主公有這種休閒的時間。今天他不在，又何必破壞主公的興致？

想到這裡，我拍拍花現，牠也很識相的把腳步放慢。

密林裡光線愈來愈暗，草都長到馬腹高了，我怕花現拐了腳，正想下來牽著牠，前頭卻聽到一陣廝殺的聲音。

難道主公遇險？

「快！」背後一騎衝到我眼前，是凌統。

我兩腿一夾，拍馬跟上。

林子中央，主公躺在地上，臉頰中了一箭，鮮血淋漓。幾個刺客圍在他身邊，其中一個人正彎腰打算割取主公的首級。

「別傷了我們主公！」大柱子撲了過去。

凌統的箭更快，一箭射翻那人，我們拔出劍，很快就把另外兩名刺客制伏了。

那些刺客很兇悍，被我們抓住，也不怕，腰桿挺得直直的。

凌統問：「你們是誰，為什麼要傷害我們主公？」

其中一個大漢圓瞪雙眼，吼著：

「我們是許公的門客，今天終於為主人報仇雪恨！」

他高傲的看著我們，手裡的長劍瞬間刺進胸膛，沒人來得及阻止。

許公就是許貢，擔任吳郡太守時，曾暗中與曹操有書信往來；這件事主公知道了，一怒之下，就派人把許貢殺了。

許貢府上有許多門客，他一死，大多數的門客四散離去；這幾人忠於他，隱姓埋名，喬裝打扮等在府外。他們也真有耐心，終於被他們等到主公落單，再一路跟蹤……

天空開始下起雨，我們催著馬，急著把主公送回去。主公臉色白得嚇人，凌統說他是失血過多，昏昏沉沉的，喚他也喚不醒。

回到城裡，張老夫子憂心忡忡的，不斷責怪我們：「怎麼讓主公去冒險？」

凌統和我對看一眼，主公的脾氣大家都知道，他想做的事，誰能攔得住？

張老夫子念完了，大堂裡也擠滿了人，每個人的臉上都掛著憂慮。

「于龍，你別呆站著，快把二爺請回來商議大事。」張老夫子又搖了搖頭，轉身，走進陰暗的大堂裡。

天快黑了，丹徒高大的城垣已經看得見了。

滿城黑鴉鴉，還不到掌燈的時候，天空雲影，壓得城裡天黑地暗。

我跳下花現，找到二爺。二爺話還沒聽完，就已經縱馬往城門口狂奔而出。

回到會稽，天都快亮了。二爺下了馬，搖搖欲墜的，我跟在後頭扶著他，他大叫：「兄長……如何？」

張老夫子站在門口，才一夜不見，老夫子好像更老了。

「已請大夫看過，但是……」他嘆了口氣：「危險！」

我們最怕張老夫子這表情，什麼事在他眼裡，看起來都很嚴重、很重要。他記得的典故多，任何一件事都能跟以前的事扯上關係。

「當年，主公的父親破虜將軍從長沙殺到洛陽，連董卓和呂布也聞風喪膽。這樣的一代名將，卻在攻打黃祖時，被一枝暗箭奪了性命。如今，又是一枝箭，射倒了讓曹操歎服為『猘兒難以與之爭鋒』的主公。」

忍不住，老夫子又嘆了一口氣：「造化弄人……造化弄人……」

張老夫子緊急召開會議，除了周瑜還在趕來的路上，城裡的將領全來了。

三爺英勇善戰，很得大臣們的信賴，大家圍著他，討論得很激烈。

而二爺站在一旁，似乎坐也不是、站也不是，幾次想開口，又全被三爺搶個先。

二爺性子溫和，不像主公和三爺。

二爺都搶不到話了，這種場合，更沒有我們說話的分，我和凌統緊閉著嘴巴，耳朵專心聽就好了。

話題始終圍繞著一件事打轉：主公如果不治，那麼接下來，由誰來統領江東呢？

其實，還用問嗎？論武藝、比長相，談軍中人望，當然是三爺孫翊。三爺的個性最像主公，堅毅勇敢，我上回和他比射箭還輸得……我還在亂想，主公醒來了，二爺被叫他到跟前。

「剛才……已與張昭說明白了，孤死後……繼承江東之位者就是你了，仲謀。」

主公說完話，大堂裡一片死寂，連根針掉下去，都能聽見似的。

為什麼？

為什麼是二爺？

三爺站我在身邊，他的頭壓得好低好低，拳頭握得好緊好緊。

二爺看看主公又回過頭看了看三爺，他的眼裡都是淚，滿臉不解：

「為什麼是我？」

「仲謀！」主公有話要說，這話雖然是對著二爺說，可也是說給我們大家聽的。

「如果是統領江東之眾，角逐天下，在沙場之上決勝負，你不如我；但論起任用賢能的人，讓他們各盡所能，以保江東，這是你的長處，我不如你。」

或許是因為一下子說了太多的話，主公額上汗水涔涔，二爺為他輕輕拭汗。周遭一陣寂靜，燭火把大家臉上照得明晃晃的。許久，主公嘴脣再度微微顫動：

「仲謀，同樣的錯誤不能再犯呀！」

那是什麼意思呀？

主公又問了一次：「懂……了嗎？」

其實我不懂，我看看凌統，他也滿臉疑問。

「我……我懂了。」二爺點著頭，主公吁了一口氣，長長的，久久的，主公的手就這麼鬆開了。

「主公！」

二爺在哭，三爺在哭，一屋子的人都沉浸在喪失主公的悲痛裡。

張老夫子顫顫巍巍的站了起來，他對著二爺說：「仲謀，這可不是哭的時候！」

二爺，不對，是我們的新主公抬頭看了張老夫子一眼。

我也納悶，主公過世，為什麼不能傷心難過？

張老夫子有他的道理：「你已經接下大位，怎能躲在房裡流淚呢？」

「那……」

「討逆將軍受傷的消息，江東的人都知道。現在換了新主人，你該到各地去巡視一番，讓大家知道，雖然兄長過世，但是不用驚慌，從此之後，你會擔當一切，扛起江東的未來。」

新主公順從的換上官服，騎上馬，他年紀只比我大四歲，可是，他卻要強忍悲痛，上馬去安慰大家。

張老夫子還交代：「仲謀，不要有眼淚！」男兒有淚不輕彈，剛接大位的主公，更不能讓大家看出他的悲傷，這點我也懂。

主公的馬，緩緩經過大軍營帳。討逆將軍受傷、驟逝的消息，全營震動不已。士兵們列隊夾道站成一條人龍，人人的眼裡都有相同的疑惑吧？一個十九歲的年輕人，來當江東之主？江東的未來還有希望嗎？

我相信，士卒們的疑問一定比長江的水還要多。

張老夫子交代我們，腰桿要直，神情不能慌，軍心一動搖，就是江東之亂，敵人趁勢殺來，就麻煩了。

老將軍程普和韓當開路，主公身邊跟著張老夫子。軍士們探出頭來，他們發現，新的主公有紫色的鬍子、藍色的眼睛，而且，他雖然年輕，卻有一股讓人安心的力量。

「主公！」

「主公！」士兵們熱情的喚他。

主公也從一開始的強作鎮定，到最後很自然的揮手答禮，他表現得真的好極了。

回到中軍大帳，他的身子突然一晃，我急忙扶著他。

「于龍，我沒事。」

張老夫子輕輕點了一下：「主公，該稱『孤』了。」

「哦，對對對，我……不，是孤沒事。」

外頭，陽光終於探出頭來了。一時，江東的山青水綠，全籠罩在金色的陽光下，亮燦燦的江山。

「懂了吧？」張老夫子望著主公的背影，回頭考我們。

「懂什麼？」凌統很老實，大柱子也搖搖頭。

「你們這幫小子多學著點，」張老夫子瞄了我們一眼：「討逆將軍不是說，同樣的錯誤不能重演？」

「對啊，那是……」

金光籠罩青山，江面閃閃波光，老夫子說：「江東兩代英雄，都因為勇猛而輕躁，犯下不可彌補的錯誤。破虜將軍陷入埋伏，身死峴山；討逆將軍只為遊獵，結果落入刺客包圍。你們看，成敗與生死只在瞬間而已！」

凌統還是不懂：「所以意思是……」

「論個性，三爺跟大爺最像，個性耿直堅毅，如果江東託付給三爺，悲劇恐怕又將重演。」

「那三爺服氣嗎？」

張老夫子瞪了我們一眼：「能不服氣嗎？曹操、劉表都很強大，我們同心協力都還不見得能打勝仗，哪有空閒去分彼此呢？」

張老夫子果然是張老夫子，他教訓人，我和凌統只能乖乖點頭。

倒是花現，哼的一聲，看來好像……好像不太贊同呢。

註一：漢朝官名，職位略次於將軍的武官。

3 豬鹿天下

「周郎來了。」

「真的是周瑜耶！」

城裡的大娘、婆婆和小姑娘，人人爭睹周郎，街道擠得水洩不通。

「好帥哦！」

「唉呀呀呀，真是帥到冒泡了呢！」

白馬銀鞍，錦袍銀盔，周瑜的馬兒，得兒得兒行過大街，一舉手一抬足，唉，那股帥勁兒，只讓人想拍拍手。

凌統說得有理，這世間真不公平，什麼好事全讓周瑜佔光光。

論長相，論家世，論武藝，論聰明才智，論吹笛彈琴，江東誰能跟周郎比。

「哦，嫂子也來了。」凌統補了一句：「小喬嫂子長得俊，沒人的太太比得上。」

凌統說的沒錯，大喬嫁給了討逆將軍，小喬就嫁周郎。我見過小喬嫂子一面，沉魚落雁的美，那美呀，只有在故事裡才有吧。

也許連張老夫子都在吃醋吧，畢竟討逆將軍的遺言，說得明明白白：內事不決問張昭，外事不決問周瑜。

「周瑜！那個毛頭小子，能有什麼作為呀！」

老夫子搖搖頭，回府了。

主公想見周瑜。周瑜去了，身邊還多帶了個人——魯肅。

「魯肅魯肅，又魯又嚴肅。」凌統偷偷的唸，我偷偷的瞧，大柱子噗哧一聲，笑了出來。

嗯，魯肅和周瑜不太像。

周瑜很帥，魯肅很老實，一副鄉巴佬的模樣，他老了以後，一定比較像張老夫子。

張老夫子一板一眼，如果魯肅變成他，唉呀呀呀，大家的苦日子可有得過了。

聽說魯肅與周瑜的交情很深。當年周瑜擔任居巢長官，經過魯肅的老家時，糧食吃完了，厚著臉皮找魯肅幫忙。兩人從沒見過面，魯肅竟然想也沒想說：「借糧？歡迎歡迎。」

光憑這點，我就覺得他是個好好先生，下回餉銀沒發，也許我該找

魯肅借錢。

魯肅家原本是大戶，不過，這個老實人，很快就把家產花得只剩兩倉庫的米。重點是，即使如此，一聽到周瑜來借糧，魯肅還是二話不說，就把一半的糧給了周瑜。

聽說那時呀，北方袁紹軍糧不足，士兵要採集桑椹充饑，南方的袁術軍隊得派人撈河蚌代替糧米。曹操去迎接漢獻帝時，在洛陽看到文武官員個個面有菜色，官員摘野菜煮湯喝，餓死的百姓更是不計其數。米糧貴如金，魯肅卻毫不吝惜，周瑜感動得立刻和他變成最要好的好朋友。

說真格的，如果是我，我也要和他變成好朋友。

魯肅的義舉，惹惱了袁術。別忘了，袁術的軍隊在吃河蚌耶，他也想交交魯肅這種「好朋友」，先封他當東城縣長，目的當然是看上魯肅家剩下的那些糧食。

結果，魯肅終於做了一件很不「魯肅」的事，這個老實人連夜帶人去投奔周瑜。

周瑜也不想在袁術手下當官，於是，他們就結伴來到江東了。

周瑜和討逆將軍同年生，娶的又都是喬家姊妹，憑他的本事，很快就當上水軍都督（註二）。

這回他來看主公，也想把魯肅推薦給主公。

說真的，想讓主公「看看」的人實在太多了。

張老夫子介紹的人最多，從他口中說出來，每一位都是江東才俊，彷彿只要主公用了他們，江東立刻能與曹操一決天下似的。

程普將軍的親朋好友也不少，一個個排成一長排，列隊進大堂。我和凌統負責管秩序：「不好意思，不好意思，排好隊，請勿大聲喧嘩。」

大堂裡，影影綽綽，人幾乎全站滿了。

主公呢，本來是一個一個接見，從早上見到中午，午餐都沒時間吃，外頭卻還有一條人龍看不到邊呢。

主公只好宣布：「那，都一起見吧！」

於是，整個大堂鬧哄哄的，人人都有一肚子話要找主公說。

有人勸主公要仁民愛物；有人勸他要富國強兵。

有人說他有一套兵法，一使出來，包準曹操嚇得回姥姥家。

還有個人，搖著羽毛扇，說什麼他會法術：「若我當軍師，點豆成兵，潑水列陣，風起鳳至，雲騰龍飛……」

主公打了個哈欠，累了。他站起來說：「四方英雄並起，我如果想像春秋亂世時的齊桓公、晉文公一樣有作為，不知道，各位有什麼絕學可以教我？」

大堂上掀起紛紛雜雜的聲音。

要仁民愛物、要富國強兵，搖羽毛扇的還唸起咒來了：「四方妖孽，何有不祥，既為生利，利……」

主公揮了揮手，我立刻大喊：「安靜！」

安安靜靜的大堂中，一個人站了起來，說了一個字：「難！」

那人鄉巴佬的打扮，高高瘦瘦的，是周瑜帶來的魯肅。

主公瞄他一眼：「什麼難？」

「亂世當中，主公不能只想當齊桓公、晉文公，現在世上有項羽，您就得當劉邦。」

天哪，什麼齊桓公，什麼晉文公，什麼項羽，我聽得頭都快暈了。

凌統笑我：「平時叫你讀書你不讀，說什麼寧願去江邊釣魚，怎樣，這會兒聽不懂了吧？」

我點點頭，大堂上的主公也在點頭。他這一點頭，我和凌統見了立刻趕人。

「好囉，諸位請回，主公稍後再見。」

張老夫子吹鬍子瞪眼睛，很不高興，因為他帶來的人，全被請出去。大堂裡，只留下魯肅。

主公和魯肅坐在榻子上談，兩個人談到月亮都出來了，還叫我們拿

除了魯肅，其他人請回吧！

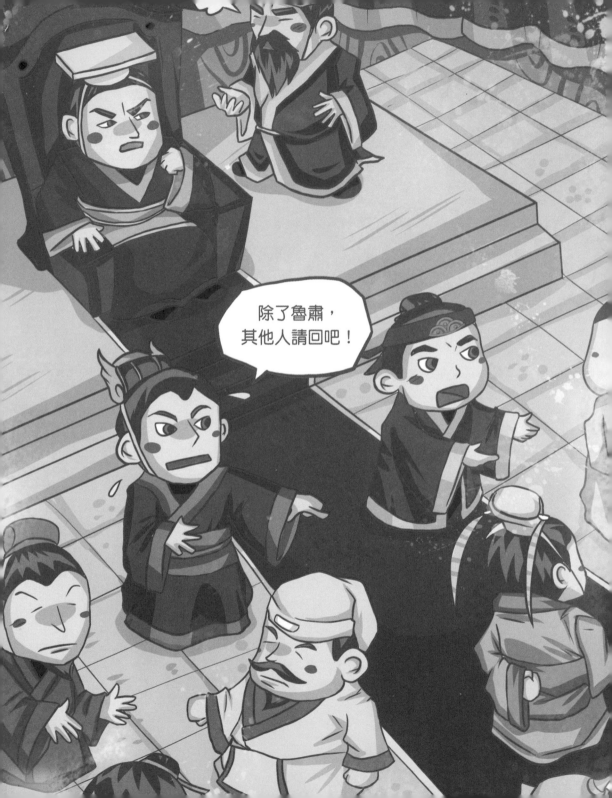

酒端菜進來，看來是要辦酒席了。

我進去時，聽見他們正聊到什麼豬鹿天下、豬鹿天下的。

主公神采奕奕，藍眼睛發著光，笑得好開心。

我出來跟凌統說，凌統不相信：「又不是要去打獵，什麼豬呀鹿的。」

他搶著端鮮果進去，垂著手，站在一邊等主公吩咐。主公直接把他轟出來，說是大人談國事，小孩莫聽。

說莫聽，凌統已經聽了不少，出來敲敲我的頭：「是逐鹿天下啦。」

「什麼是逐鹿天下？」

凌統說，很久以前，有個叫做春秋的時代，那時，也是有很多國家，這些國家打來打去，大家都要爭著做武林盟主。齊桓公、晉文公都曾當過盟主，而我們主公就是想當武林盟主，讓大家聽他號令。

「所以，我們主公要去當武林盟主，哇，這個厲害。」

「瞎說，魯肅勸主公，現在的天下，比較像楚漢相爭的年代。那年頭，有兩個厲害的英雄爭天下，一個是西楚霸王項羽，一個是漢高祖劉邦；劉邦贏，項羽敗，最後才開創咱們大漢朝。」

「一個項羽，一個劉邦，我懂了，他們一起豬鹿天下。」

「逐鹿天下啦。」凌統又敲敲我的腦袋，說：「小魚郎，考你一下，你知道誰是現在的項羽嗎？」

「荊州劉表吧？」我說。

「劉表那老頭兒？不是，再猜猜。」

「難道是袁術？」

「嘿，袁術死了你還不曉得。前兩年他把自己封為皇帝，不過呢，他對部下太壞了，沒人肯效忠他，結果，他的士兵全跑光了。聽說他要死之前，想要碗蜂蜜水喝，結果廚子跟他說，御膳房只剩麥桿水啦，想不想喝？」

「袁術喝了嗎？」

凌統瞅了我一眼：「如果是你，你喝嗎？」

「當然不喝，他是皇帝耶。」

「廚師說，廚房裡什麼都沒有，喝不喝？」

「這麼可憐？」

「嗯，聽說袁術最後是活活餓死的。一個餓死的皇帝，怎麼能跟項羽比。」

「凌統，那到底誰才是當今的項羽？」

凌統正經的說：「當然是曹操，他快打敗袁紹了，長江以北，他的勢力最龐大，他就是現在的項羽。剛才，魯肅就一直在勸主公，全力往西發展，先打荊州劉表，再打益州劉璋，等主公擁有了這片遼闊土地，進可以討伐中原，退可以稱王江東，就像當年劉邦與項羽逐鹿天下一樣。」

「原來這就是豬鹿天下哦！」

凌統搖搖頭：「小魚郎，沒事多讀書，快打仗了，到那時，你想讀書也沒時間了。」

註一：漢末職官名，統領諸州軍事，權位極重，掌理軍事及邊防重鎮。

4 凌統的爸爸是大俠

周瑜趕著回江夏，因為，主公準備打黃祖了。

主公的爹是被黃祖所害，一聽到要去打黃祖，我們全都磨刀霍霍，操兵忙著練船。

為了打黃祖，我被分派到凌統他爹的船上去。

凌統的爹叫做凌操，擔任破賊校尉，他是先鋒營的營長，外號叫做大俠。大俠把我們操練得很慘，也許他把我們都當成賊吧？

「流汗總比流血好，來，把槳豎起來，放下，划，來，再練十遍。」

太陽那麼大，還要再練十遍水軍操？

大柱子一聽，喊了一聲「我的媽呀」，兩腿一軟，人就昏過去了。

開戰後我才明白，苦練是有成果的。先鋒營的船在江上跑得飛快，其他人的船根本比不上。

大俠看看大家，說：「怎樣，現在知道厲害了吧。」

先鋒營船隊破浪前進，黃祖的軍隊，被我們打得落花流水。

主公站在船樓上高呼：「打，一路打到夏口去。」

大俠振臂大吼：「對，一路打到夏口去。」

我們是最先登上夏口的部隊。大柱子猛吹著號角，小柱子丟上纜繩，大俠拉著繩子，一扯一盪一翻，人已經翻上敵樓，一刀就砍倒三個守衛，黃祖被他的氣勢嚇得棄城逃跑。

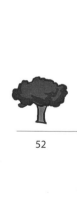

「追，快追。」大俠擲出一枝長槍，把黃祖的掌旗官釘在城牆上。黃祖慌慌張張，跑到城外，他的太太跑不快，黃祖一急，太太小孩也不要了，趁亂奪了一艘小船就逃。

那天，夕陽好紅，大俠一直站在船頭，黃祖身邊的侍衛射來的箭，都被大俠給撥掉，他回頭大叫：「追上，追上，咱們今天活捉黃祖。」

我永遠記得大俠的笑有多誇張：「孩兒們，咱們今天替破虜將軍報仇啦。」

那個笑，那麼燦爛，我應該要永遠記住。

因為，就在我們快追上黃祖的座船時，側邊來了幾艘快船。他們的帆好大、好炫麗，金絲織的帆，銀絲繡的字，滿天箭像下雨，幾十枝箭就這麼射進大俠的身上，大俠翻身，落水了。

那是錦帆賊的船，他們的首領叫做甘寧。

「我要報仇。」凌統的哭聲，我也記得，他哭得那麼悽慘，連江水也要發愁。

我拚命拉住他，他才沒有游水去追甘寧。

即使追，也不見得追得上。

甘寧那幫人原本是長江上的盜賊。當賊沒出息，家族也沒有光榮，所以甘寧決定從軍，想在亂世裡立下一點功名。

他先去益州投靠劉焉，劉焉不要他；順著長江，甘寧他們來到了荊州，劉表也不欣賞他。

一支沒人要的水賊，沿著長江飄飄蕩蕩最後到了江夏。

甘寧，我跟你勢不兩立！
凌統，你冷靜點……

江夏黃祖看起來勢力不大，應該很需要他；萬萬沒想到，黃祖竟也不留他。幸好蘇飛欣賞他的勇猛，力勸黃祖，甘寧這才勉強留在江夏。

這麼一支八百人的水賊部隊，這麼一支幾乎要成為長江水鬼的軍隊，這一戰替黃祖立了大功，不但擋住江東水軍，還射死我們的大俠。

凌統想找甘寧報仇。

主公不肯。

探子回報，江東主力全在攻打江夏，後方的山越趁隙作亂，好幾座城都陷入一片慌亂。

「先平山越，回頭，孤親自為你報仇。」

主公拍拍凌統的肩，說：「別擔心，我們先把山越平定了，回頭再來打黃祖。你暫時帶著你父親的舊部，也當個破賊校尉吧。」

新任的破賊校尉沒有半點歡喜，他咬牙切齒的謝恩，抱拳離去。我想，破賊校尉最想破的賊，應該就是錦帆賊吧。

山越是由眾多小部落聚集而成的，由於他們沒有共同族長，也沒有一個大聯盟的盟主，大軍開進山越山區；他們就躲進山洞裡，軍隊一離開，他們又跑出來攻擊地方上的官員、騷擾百姓。

主公說，這場戰爭急不來，只能一個部落、一個部落慢慢的收服，先用武力鎮壓，再用好言相勸，讓他們心甘情願臣服我們。

攻打山越，這一戰，凌統被派去打麻屯。

許多老將不相信他：「十幾歲的娃娃兵，能幹啥呀？」

凌統聽了只是笑一笑，埋頭苦幹，白天練兵，晚上開會，因為大家上下一心，連打了幾次勝仗。

那天，我們順利攻下山越的城寨，凌統特別在城裡中央，升起大火，中間架起幾隻剛打到的獐子。

「不醉不歸呀。」凌統喊著，眾家兄弟拿起大碗跟他乾杯。

陳勤大叫：「好，今天我當監酒官，哪個不醉想溜，我第一個饒不了他。」

陳勤平時就惹人厭，喝了酒，假酒裝瘋，罰酒也不按規矩，拿起一個大酒甕硬逼著我……

「于龍，喝酒。」

「太多了吧！」

陳勤瞇著眼，食指指著我：「你這……你這個捕魚郎，給老子喝，統統喝。」

「我不要。」

凌統火了：「于龍說他不喝了，不行嗎？」

陳勤斜瞄了凌統一眼：「你誰呀？脾氣那麼衝？怎樣，跟你老子學的嗎？哼，你老子那麼衝，最後還不是被丟進江裡餵春魚？主公要不是看你爸爸……」

凌統忍不住，衝過去就想打他，我和大柱子、小柱子拉著他：「校尉，他醉了，別理他呀。」

快快樂樂的酒宴，就這樣給破壞了，誰也沒心情喝酒，只好回營。

凌統心情不好，低著頭，騎著馬，慢慢的走。

眼看快回到大營了，後頭多了一陣馬蹄聲，回頭一瞧，又是陳勤。

陳勤追上來，一把扯住凌統的韁繩：「臭小子，跑哪裡去？想去江裡找爹啦？」

凌統氣得都要拔刀了，我勸陳勤快走吧。

陳勤不走，還把頭湊到凌統面前說：「你是不是很想殺我？啊？你敢嗎？」

「有何不敢！」凌統大刀一揮，陳勤一聲慘叫，悲劇已經來不及阻止了。

「殺了陳勤，這可怎麼得了？」

「凌統，你快走吧，我替你頂罪。」大柱子說。

凌統不肯，說：「一人做事一人當，明天就要進攻麻屯了，我會戰死在沙場上。等我死後，你們再抬我的屍體去向主公請罪吧！」

麻屯大戰當天，親眼見到凌統殺敵的人，一定會很慶幸自己不是他的敵人。

他像瘋了一樣，手持長槍騎著快馬，在戰場上橫衝直撞，那些山越被他殺得四散奔逃，全躲在山裡頭射箭。

我擔心凌統，拿著盾牌跟在他身邊，替他擋掉無數箭矢。

「你這不是在作戰，根本就是在求死呀。」我大叫。

他回頭，笑得好淒涼：「沒錯，我就要以死向主公謝罪。」

怪的是，人愈想死，死神好像愈不要你。

滿天箭雨裡，凌統第一個飛身上麻屯；第一個打開城門，箭好像全長了眼睛，碰見他都會自動避開。

攻下麻屯，凌統堅持要我們把他綁起來。大柱子邊綁邊哭，小柱子在旁邊勸：「何必呢，何必呢？」

「男子漢大丈夫，犯了錯就認，有什麼好哭的。」

綁好了，凌統昂然闊步走向主公大營，渾不管旁人的眼光。

「凌統有罪，請主公賜死。」

他的聲音聽起來很滄涼，飄在大營四周，四周全擠滿了士卒，人人眼望主公。

主公親手扶起凌統，親自為他鬆綁，說：「你的事，孤全知道了。今天起，孤讓你帶罪立功，別忘了，這世上不只有你失去父親呀。」

凌統看著主公哭了。

不知道為什麼，我也覺得眼角溼了。

5 征黃祖

凌統跪在大殿外，已經跪了一整個早上了。

我和大柱子趕去時，他的額頭上血跡斑斑，喃喃唸著：「不可……不可。」

凌統渾身上下皆是膽，打仗時，永遠衝在最前面，但是大殿裡頭，卻有件事讓他很生氣、很害怕。

恨的是——他的殺父仇人甘寧在裡頭。

甘寧主動來降東吳。

怕的是——如果主公讓甘寧加入江東軍怎麼辦？

「凌統，我陪你進去找主公。」我大叫：「請主公殺了他，用甘寧的腦袋安慰你父親在天之靈。」

「對啦，走，我們陪你。」大柱子強把他拉起來。「于龍和我，再加蔣欽和徐盛，咱們一起去。」

凌統被我們拉起來時，主公出來了。甘寧——那個錦帆賊的首領就站在主公後頭。

「主公！」凌統絕望的喊著。

大柱子喊著：「主公，你要為凌統做主。」

「殺了甘寧！」我們齊聲大吼。

「殺了甘寧，為我父親報仇。」凌統嘶吼著。

主公看看我們，又看看甘寧，停了一下，這才說話。

「甘寧今早來降，孤本來也反對。」

「殺了他。」我們大叫。

主公看著我們：「孤知道，凌統和甘寧之間，有殺父之仇，但別忘了，只要一上戰場，大家都是各為其主。甘寧當時是荊州的人，自然與我軍為敵。如今他棄暗投明，便是江東之人。凌操英靈若有知，也不會抱怨孤的。」

「可是……」凌統憤憤不平：「誰知道他是真降假降？」

主公說：「黃祖年紀大了，愈來愈昏庸，甘寧立下戰功卻得不到獎賞，自然心懷怨恨。再說，甘寧是水戰的好手，得到甘寧，江東增添一分力量。黃祖失去甘寧，便少了一分力量，彼消己長，攻克江夏已經是遲早之事！」

「我不服。」凌統大叫：「我要手刃此賊。」

他想衝上去，被我和大柱子按住：「主公跟前，千萬不可放肆。」

「我……我……」

主公拍拍凌統的肩：「凌統，當時甘寧在黃祖手下做事，黃祖又是劉表的部下，算起來，你真正的殺父仇人是黃祖，是荊州劉表，要算帳，就找黃祖和劉表，懂嗎？」

凌統咬牙切齒的瞪著甘寧。

主公又加了一句：「甘寧投靠江東後，便是咱們的人，你們千萬不要追究舊惡，切記孤的命令！」

「遵命。」我們喊得很用力，恨不得這句話能讓甘寧頭痛三天。而甘寧呢，他一直沒說話，偶爾才用一種很抱歉的眼神看看凌統。

凌統從頭到尾都撇過頭去，眼睛望得老遠老遠。

建安十三年的春夏之際，我們再度攻打江夏。這次由凌統擔任前鋒，我們一起站在第一艘船上，就像他爸爸大俠當年一樣。

黃祖早料到我們會來，用兩艘蒙衝戰艦封鎖江面。這種蒙衝戰艦，外面用好幾層的生牛皮蒙住，船艙下開孔伸槳，上頭的小窗可以對外射箭，簡直就像兩座水上堡壘。蒙衝戰艦外還有兩條長索，長索上綁著大石頭，將蒙衝戰艦牢牢的固定在江面上，我們的船根本無法越過他們的防線。敵人箭如雨下，我們只能躲藏，毫無反攻的能力。

我彷彿聽見黃祖在笑：「攻來呀，看你們怎麼攻，哈哈哈！」真是太可氣了。

凌統手持三面盾牌，攀在船樓上觀看，終於看出破綻：「不難，想破這道防線，先砍那道長索。」

「砍長索？」

「長索一斷，蒙衝戰艦隨波逐流，黃祖的防線就破了。」

「好，我去。」我大叫，拿著盾牌就要往上爬。沒想到，一艘大船搶了個先；一個大漢，身穿兩層盔甲，拿著盾牌擋箭，一手用大刀砍劈那道長索。

長索有我的大腿粗，一時半刻砍不斷，那艘大船被敵軍射成了刺蝟，大漢依然不退。箭去如雨，兩邊的人都在吶喊，我們這邊希望大漢把索砍斷，那邊盼望大漢被箭射落。

凌統命我們把船調頭，轉過去幫忙。大柱子他們心急，已經跳上敵船，而那名大漢的刀子終於砍開了一個口子，再一刀……

敵軍朝他發射強弩，凌統和我揮舞著盾牌，分別從兩邊保護他。

橫江長索雖然粗大，但是大漢每一刀下去都像雷劈，就在江水嘩啦聲與弓箭的颼颼聲中，長索砍斷了。黃祖精心布置的防線頓時瓦解，蒙衝戰艦立刻被長江大水給衝散，一艘翻覆，一艘被水帶遠了。

「太帥了！」

我望向凌統，正想歡呼時，卻聽見凌統狂吼：

「甘寧，你別跑。」

他追的正是剛才那個大漢。剛才太緊張了，沒注意看，現在看仔細

我砍！
救人喔……

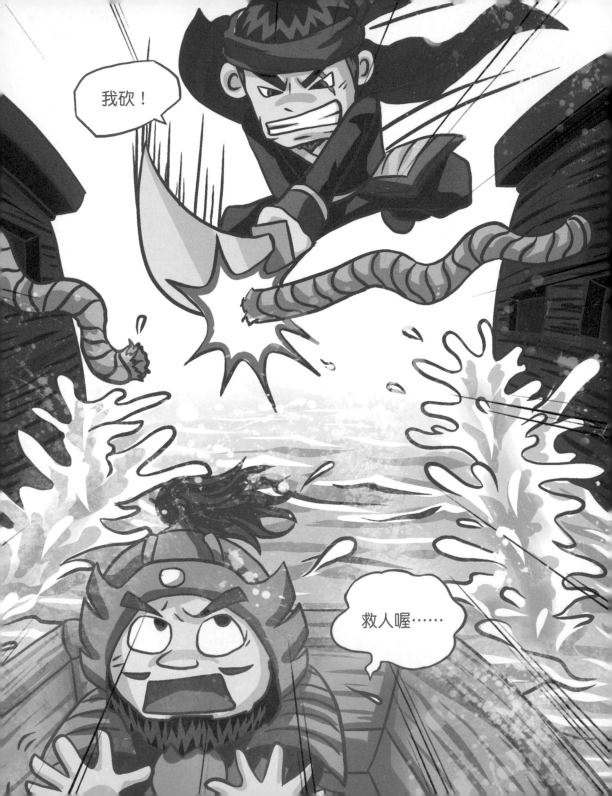

了，那人正是甘寧。甘寧不顧跟他衝突，轉身躍上了另一艘船。

戰事結束，黃祖被俘，主公終於為父報仇了。

主公大開慶功宴，吩咐大家不醉不散。

酒酣耳熱，氣氛熱烈，這可是主公人生第一場大勝利。

打敗劉表的大將，為父復仇，還有什麼比這更值得慶賀。

凌統拔出佩刀：「今天這麼高興，怎麼能沒有一點節目呢？」

他在酒席間舞動佩刀，腳步輕盈靈活、動作流暢，眾人見了不由得聲聲叫好！

然而舞著舞著，咦？那把刀正被什麼吸引了嗎？只見它漸漸朝著一個方向逼近，天哪，吸引短刀的不是別人，正是甘寧！

主公報了父仇，凌統還沒，他也想報仇呀。

這下有好戲看了……

原本酒酣耳熱的場合變得安靜了，所有人的目光全集中在凌統那把刀上，銀色刀光，愈逼愈近。

甘寧跳起來，抽出雙戟：「單人舞刀無趣，讓在下以雙戟與凌統共舞之！」

噹的一聲，雙戟架住凌統的刀，凌統抽刀再砍，兩人刀來戟往，說是跳舞，卻是殺氣騰騰，簡直是格鬥！

他們是在性命相搏呀，這下怎麼辦？就在大家不知如何是好時，大將呂蒙操刀挾盾，擋住雙戟與短刀，雙臂一振，分開二人。

凌統見呂蒙出手，知道父仇難以得報，短刀扔在地上，放聲大哭。

他的痛，我和大柱子都懂。

主公大仇已報，可是為主公戰死的凌操，他的兒子又該找誰報仇？仇人若是敵方將領，就在戰場上拚命嘛；可是，殺父仇人卻在你面前得意洋洋，其中滋味，怎是一個咬牙切齒了得！

主公走下臺階，輕輕拉起凌統。

「彼此皆為江東，莫傷了和氣。」

「主公，他……」凌統急著想說。

「你的苦，孤知道。」主公不讓他說下去；想了一下，回頭對著甘寧說：「往後，江夏就由你去防守吧！」

凌統在南，甘寧守北，或許主公是想先把兩人分隔兩地，也許他希望時間能沖淡凌統的喪父之痛。

只是，父親被人殺死的痛，能沖得掉嗎？

6 快送蝨子給曹操

主公心情很不好，紫色鬍子每一根都快豎起來。

他在院子裡，從這頭走到那頭，又從那頭走回來這頭，來來回回，走了一趟又一趟。

他從清晨走到日正當中，手裡抓著一張紙，都快被他揉爛了，那是曹操來的信。

「要我交任子，我去哪裡找任子？」主公喃喃自語，我和凌統互相看一看，不懂。

張老夫子來了。

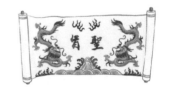

「主公，您還沒有任子，不必理他呀。」

凌統問：「張老夫子，什麼是任子？」

老夫子解釋：「主公接下江東的政事，曹操就要求主公把兒子送到許都去，說要給他當官。」

大柱子搶著問：「那不好嗎？」

張老夫子啐了一聲：「送去許都，就是去當人質，以後主公就得事事聽曹操的話。」

「主公幹麼聽曹操的呢？」凌統又問。

老夫子解釋：「曹操挾持了天子，假借天子的名義發號司令，誰敢不聽！」

「所以，天子是大人質，主公的兒子是小人質啊！」我突然想到，

「可是主公又還沒生孩子？」

主公把信給大家看：「曹操說，如果沒有任子，送從子亦可。」

「蟲子？」凌統聽了說：「那就抓幾隻給他，咱們江東多的是獨角仙和金龜子。」

主公罵他：「什麼蟲子？曹操是說，如果我沒有孩子，就送我大哥的孩子——孫紹，孫紹就是從子。」

「原來不是獨角仙呀？」我嘆了口氣，如果曹操真的想要蟲子，那就好辦了嘛！

朝陽東升，張老夫子卻在嘆氣：「主公目前只有江東六郡，還無法與曹賊相抗，我看，也只能照他的話做了。」

主公還在猶豫，外頭有人喊了一句：「萬萬不可。」

來人逆著光，灑了滿身的金光，那是周瑜。

「若把從子交出去，從今往後，事事將皆受曹操控制，主公這事，萬萬不可。」

主公滿臉疑問：「為什麼？」

「曹操前幾年也有來信，要先主把你送去許都，當時，咱們實力沒現在大，討逆將軍卻不肯答應，曹操生氣又怎樣？現在呢，咱們統有江東六郡，領土比以前大了，依靠著長江天險，兵強馬壯，士氣高昂，您應該直接拒絕。」

「這……」

「主公，您送出人質，等於向曹操投降，最好的結果頂多是當一個小小的侯爵，怎麼比得上自己在江東稱王來得痛快呢！」

「如果曹賊大軍南下呢？」

周瑜意志很堅決：「等曹賊真的領兵來到再低頭，也為時未晚，何必急於一時呢？」

周瑜的話很對，不過，張老夫子的話也有道理。聽周瑜的，要打仗；聽張老夫子的，要投降。這一想，兩邊好像都不可行。

陽光燦爛，園子裡百花盛開，主公皺著眉頭望著我們，難道他也想問我們的意見？

我只是個小小的侍衛，哪有資格說話。

我不敢應聲，凌統倒是搶著說：「我支持周都督，不交，活活氣死曹賊。」

張老夫子瞪他一眼：「老夫和都督都是顧命大臣，你有什麼資格說話？」

凌統還想再說，周都督按住他的手：「方今天下，群雄並起，猶如當年的春秋戰國時代。」

咦，又是春秋，他也要說齊桓公了嗎？

「咱們江東，就像當年楚國。」周郎說：「當時的楚國，土地只有百里，可是楚人同心協力，披荊斬棘，以荊、揚二州立國九百多年；主公您呢，您繼承了父兄的基業，率領六郡百姓，鑄銅山可以鑄造錢幣，煮沸海水可以取得食鹽來販賣，江東子弟都願意跟您打天下，有這麼好的基業，為什麼要送人質給曹賊？」

老夫子卻滿臉擔憂：「如果曹操生氣，真打來了，曹操的大軍不容小覷呀！」

周瑜微笑以對：「我並沒說不送從子呀，我們答應他呀。」

「答應？」這下連我都嚇一跳了。

周瑜笑得很神祕：「對，答應他，但是不送。」

主公懷疑：「那曹賊……」

「等他來催了，我們就找點理由嘛，說從子年紀太小嘛，說從子生病了……理由慢慢想，許昌到江東，路途遙遠，拖久了，時間就過了嘛，這叫以拖待變之計。」

主公點點頭：「以拖待變，對，最好拖到曹賊忘了這件事，于龍，你去把許都的欽差請來。」

那個笨欽差來了。

主公告訴他：「請稟告曹公，目前從子年幼，還沒斷奶，等他年紀稍大，一定立刻讓他到許都當官。」

「那……等他年紀稍大，是多大？」笨欽差問。

主公摸著他的紫色鬍鬚：「這……總得讓他能騎馬吧，對不對？」

笨欽差很高興，以為完成了使命：「是是是，我立刻回去許都稟告丞相。」

那一年的夏天，欽差沒有再回來。

聽說，河北之主袁紹在冀州病逝了，因為官渡之役的慘敗，把他給活活氣死了。

7 曹操來了，好可怕

柴桑城裡，有個流言，說是曹操要南下了。

曹操要來了，那太可怕了。

賣麵阿婆收了攤子；販棗的商人趕著避難；啼哭的孩子，喊聲曹操來了，立刻把嘴巴閉上。

曹操到底多可怕？

聽說他從陳留起兵，東破陶謙、袁術，北滅袁紹、烏桓，連西方馬超也向他臣服。

舉世英雄裡，關羽夠厲害了吧，溫酒斬華雄，過五關斬了曹操六名

大將，結果呢，他和張飛、劉備聯手，才能勉強與呂布戰個平手。而那個呂布竟被曹操滅了。

曹操統一天下，只差南方，南方的對手有誰呢？一個是劉表、另一個就是我們的主公——孫權！

本來劉表是江東的敵人，他的手下黃祖殺了我們的破虜將軍；但是，有劉表擋在曹操和江東之間，江東就多了一道屏障。劉表能多撐一日，我們就多一天備戰的時間。

大堂裡，主公第一次表示，他希望劉表多活幾年，多幫江東爭取一點時間。

主公苦惱到甚至考慮把尚香郡主嫁給劉表的兒子呢。

魯肅也說，劉表不能死。他一死，江東就得直接面對曹操的大軍。

諷刺的是，我們才這麼想著劉表的好處，劉表就不行了。八月，荊州傳來消息：劉表死了。

「劉表死了？」

主公聽完消息，激動的站起來。

魯肅在大堂裡點點頭，主公又頹然的坐下去。

「主公，讓微臣去一趟荊州好不好？」魯肅問。

主公看看他：「為何去荊州？」

「奔喪！」

咦，奔喪倒是個好主意，荊州與江東長久對立，現在想要並肩對抗曹操，說起來有點突兀，魯肅藉口奔喪前去，就有機會化敵為友了。

魯肅的想法就像釣魚一樣，能像魚一樣的思考，才能釣得到魚嘛，難怪魯肅一來，就得到主公重用。

主公拍拍他的肩：「江東六郡的希望，全看你了。」

魯肅出發那天，江上起著大霧，主公帶著我們送行。霧氣遮住兩旁青山，江水嘩啦嘩啦，好像在說情況真的很急很急。

主公臉上很嚴肅，他心情一定很沉重，若是荊州無法與江東聯手，

曹操的大軍……

主公直盯著魯肅的船，十幾根槳，整齊發出啪啦啪啦的划水聲。船被霧氣吞沒後，浩蕩江面只剩下船槳的聲音，潑啦潑啦的，在這個昏暗不明的清晨裡響著……

天下不如意的事，十之八九，主公對魯肅寄予厚望，可惜魯肅前腳剛走，霧氣裡，就順江而下來了艘小艇，是我們安排在江北的探子：

「稟主公，荊州投降曹操了。」

荊州降曹？

這絕對是建安年間最大的消息：劉表一過世，他兒子劉琮聽到曹操南下，打開城門，送上降書，二十萬荊州水軍，拱手奉送曹操。

「那麼，曹操不就即刻要南下了？」主公大嘆一聲，想派人去追魯肅，想想，罷了罷了，「追回來又能做什麼？」

曹操要來的消息，已經傳遍江東。

街道上，處處可見軍士巡邏，也有很多人家門口高掛「售」字旗，賤價把房屋、酒樓賣掉，馬車和行李都備好了，只要曹操一渡江，他們就立刻往鄉下躲。

另一種人不怕曹操來，他們照常做買賣，依然過日子，你賤價賣房子，他們就狠狠殺價接收。

這些人為什麼如此鎮定？

其實，他們早做好了投降的準備，說什麼：「曹丞相早日統一天下，百姓們早日脫離戰亂的生活嘛。」

這些人只差沒在門口擺個曹操的神像了。

北方的訊息一日三次，探子如流水，一個比一個神情慌張。

曹仁的大軍攻佔博望坡，夏侯惇的軍隊打下新野城。

劉備帶著難民，逃到了當陽。

看來，戰火果真快燒向江東。

凌統不多話，天天帶我們操練，他就是把大俠那套學全了。

「水軍操，十遍。」

不管太陽多大，我們就是練，一直練，大柱子想偷喘口氣，他一棒打在大柱子屁股上。

「別偷懶，曹操也是兩隻耳朵兩隻手，沒什麼好怕的，練就對了。」

凌統的話，沖淡了大家的緊張情緒。這話其實也沒錯，曹操再厲害也是個人，頂多頂多，比我們多了幾十萬個士兵罷了。

沒人知道曹操到底哪天來，魯肅倒是先回來了，他還帶了個年輕人來見主公。

那個年輕人叫做諸葛亮，聽說是劉備的軍師。

「哈哈哈，劉備被曹操打得像喪家之犬，」大柱子猜，「這個軍師也高明不到哪兒。」

說不定，他是來求主公出兵救劉備的呢。

主公在大堂接見他，諸葛亮的第一句話竟然是：「快變天了。」

「什麼？」

諸葛亮的眼睛望向堂外，堂外一隻大雁飛過。魯肅聽了，也在一旁皺著眉頭。

主公再問了他一次：「你說什麼變了？」

諸葛亮慢條斯理的說：「我的意思是，天時變化了。」

主公很好奇：「什麼變化？」

「原本四海動亂，孫將軍您佔有江東，我家主公劉豫州則收服漢南，與曹操並爭天下。可是天時變了。」諸葛亮說：「如今曹操已經掃平群雄，威震四海，我家主公劉豫州深感英雄無用武之地，所以派我來至此地。」

「如此說來，我該怎麼做？」

「量力而處。」

「怎麼個量力？」

「很簡單，您如果能率領吳、越之眾與中原的大軍抗衡，那麼就該早日與曹操斷絕關係；如果不能，放下武器，投降曹操，也能向曹操求個一官半職。然而您現在三心二意，表面上服從他，心裡面又想跟他對抗，您的決心不夠堅定，底下臣子也沒有統一的看法，依我看來，江東恐怕災禍不遠了。」

「那你的意思是……」

快變天了……
天氣明明
好得很呀！

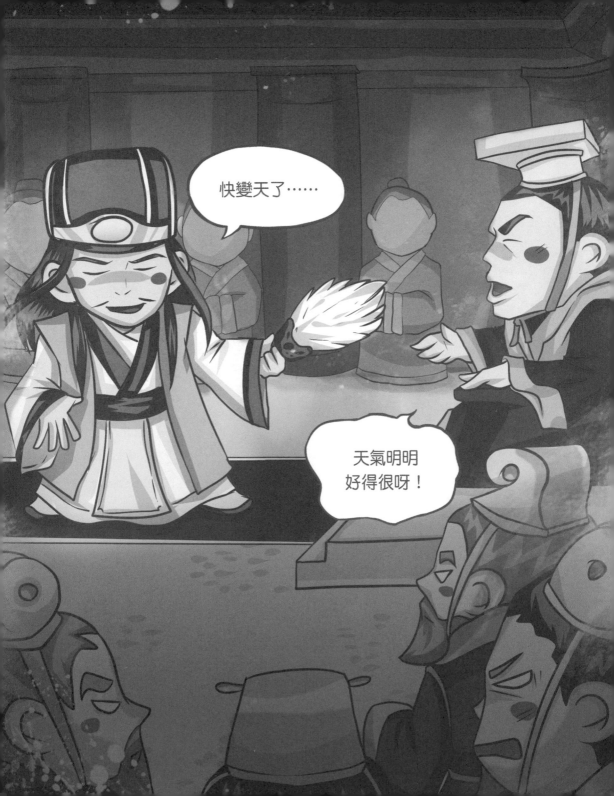

「投降啊，投降曹操，全身而退。」

諸葛亮為了求援而來，現在卻勸主公投降？

主公好奇：「你們家劉豫州為什麼不投降？」

諸葛亮聽了，就在大堂上發出一陣大笑，哈哈哈，笑聲連堂外的大雁都嚇一跳。

真是沒禮貌的傢伙，我和凌統都狠狠瞪他一眼。

好不容易，他笑完了：「我家主公，乃是大漢皇家血統，仁民愛物，天下人民都希望跟隨他，豈能投降曹操？」

哦，太過分了，我們主公得投降，他們家那個愛哭又老打敗仗的劉備就是英雄？

我很氣，主公一定更氣。他發出一聲怒吼：「劉豫州可以，我也可以，我怎能讓江東子弟，受制於曹操？」

劉備當過豫州牧，大家客氣點叫他劉豫州，私下叫他愛哭包。不過愛哭包不能現在叫，這是官場禮儀。

主公下定決心要抗曹，他立刻問諸葛亮：「那個愛哭包，不是，是劉豫州目前有多少軍隊？」

諸葛亮搖著羽扇：「目前尚有兵甲二萬。」

才兩萬，說得像有幾百萬大軍在手上。

「兩萬？曹操可是百萬大軍耶。」

諸葛亮慢條斯理的說：「將軍莫被那百萬的數目給唬住了，曹軍人是多了點兒，可是長途跋涉，犯了兵家大忌；再說曹操的軍隊大多是北方人，不善水戰，另一半是荊州新來的降兵，不會為他賣命，算起來，只要孫劉同心協力，則曹軍必破！」

諸葛亮的話，讓主公聽得熱血沸騰：「好，孤已下了決心，孫劉聯手對抗曹操。」

隔天一早，主公把他的決心告訴大家。

張老夫子第一個反對，他說：「曹操挾持天子，頭頂大漢丞相名號，想討伐誰，誰便是亂臣賊子，他佔了個理字。再說，咱們之所以能與曹操抗衡，是憑藉著長江天險。可是曹操拿下荊州，佔據上游，劉表的水軍又投降於他；曹操只要順流而下，就能打得我們滿頭包。依我之見，只有投降曹操，方保江東基業。」

張老夫子一說完，滿堂寂靜，一時無語。

張老夫子分析的，一點也沒錯。主公聽了，虛弱無力的說：「沒關係，各位可以毫無顧忌的提出意見來……」

聽得出來，他很灰心。主公想抗曹，臣子卻想投降。

秦松聽不出主公的沮喪，他說的和老夫子一模一樣。

投降呀，不要打呀！

大堂上的文官一聽，連三朝元老的老夫子、秦松都贊成投降，那還有什麼好打的呢？於是紛紛站起來說，世界要和平，人類要進步，投降萬歲。只要戰火一起，生靈塗炭，一旦戰敗，人人都要掉腦袋，還不如投降，也許曹操還能給個官做呢。

我聽了無聊，轉頭看看主公，主公的臉色發白；再看看一旁的魯肅，魯肅沉默不語，是他把諸葛亮帶回江東的，難道他也主張投降？

「也罷，投降就投降！」主公想到這裡，霍然起身。

張老夫子喜孜孜的問：「主公作出決定了嗎？」

主公忽然有些生氣，他好像有話想說，話到嘴邊，又吞了回去，只用一種很怨恨的眼神看了看張老夫子，袖子一拂，步向後廊。

我和凌統急忙跟過去，主公瞄了我們一眼：「我去解個手，你們別跟啦。」

我們站住，後頭魯肅跟上來了，難道他也想解手？

主公一把揪住魯肅的衣袖，把他推到廊柱邊上。

「主公，是我！」

「你來做什麼？」

魯肅喘著大氣：「我有話要說。」

主公鬆了手：「有話快說，我要去解手。」

「剛才大家的議論聽不得，這是在誤導您哪。」

「誤導？」

「以我為例，我投降曹操，曹操多半不會殺我，最多把我流放回鄉；幸運的話，或許會賞我個一官半職，臣從此天天坐著牛車去上班，和士大夫們聊天吹牛拉關係，熬久了也會慢慢升上去，將來說不定還能做到州刺史、郡太守。」

「如此說來，投降不是很好嗎？你在江東，只不過是區區一個幕僚而已。」

「是啊，我魯肅可以投降，可是主公您呢？您到何處安身？曹操能放心讓你回歸故里？別忘了曹操生性多疑，跟狐狸一樣哪！」

魯肅說得好，說書的人都說，自古以來，亡國之君多數沒有好下場。商紂王寧願自焚，也不願意做俘虜；西楚霸王項羽在江邊自刎，也不肯向劉邦低頭。以主公家遺傳下來的個性，主公怎麼能去跪著請曹操接納呢？

主公憤然推開他：「剛才在議事廳，你怎麼不支持孤呢？」

「主公，魯肅人微言輕，哪裡能與張昭他們抗衡！幸好，江東還有一人能說服大家！」

啊，魯肅說的人我知道，只是，那個人遲遲不見蹤影呀？

8 外事不決問周郎

我和凌統奉主公的命令，騎著快馬找周瑜。

周瑜在鄱陽湖邊練水軍。

藍天、青山、綠水與帆影，要不是這裡的水軍天天操練實在太吵，我已經打定主意，等不打仗以後，我就要搬來這裡，買艘小漁船，生活在這個湖光山色中。

凌統說，幾年前，江東英雄太史慈也曾駐紮在這裡。

太史慈我知道，當年他和討逆將軍大戰三百回合，最後被討逆將軍收服，成了江東一代名將。

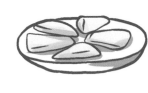

太史慈過世得早，去世前感嘆：「大丈夫生於亂世，當帶三尺劍立不世之功；今所志未遂，奈何死乎！」

造化弄人，死神不會因為太史慈是英雄就讓他三分；看來想當英雄成名果然要趁早，有道是少年不英雄，白首弄扁舟。

我們划著小舟，找到了周瑜。

周瑜滿身大汗，只是人家帥，連穿著大汗淋漓的衣服也很帥。他看了主公的信，又看了看我們，臉上很平靜，不知道他到底怎麼想。

凌統偷偷說，如果討逆將軍在，哪有這麼多考量，打就對了。

周瑜聽見了，跨上馬，笑了笑：「那好，你去跟主公說。」

凌統一聽，急忙搖手：「主公哪肯聽我的話。」

「咦，什麼時候破賊校尉也學會謙虛了？」周瑜在馬上大笑，鞭子一揚，白馬一個騰起，登時走得老遠。我雙腿一夾，急忙拍馬趕上。

要知道，比帥已經比輸他了，論騎馬，我的花現可是一匹好馬，絕對不輸他。

從湖邊回到城裡，天都快黑了。周瑜下了馬，連臉都來不及洗，一大票人全圍著他，個個都有話要說。

周瑜擺擺手：「莫慌、莫急，曹賊還在江北。」

他把客人留在大堂，自己好整以暇的喝完小喬嫂子泡的茶，吃了小喬嫂子煎的餅，才微微一笑說：「走吧，這會兒可以跟大家說說話了。」

「餅也不吃完。」小喬嫂子怨他。

我和凌統眼明手快，邊用眼神詢問小喬嫂子可否代吃，邊用手撈著餅往嘴巴裡送，還不忘告訴她：「你煎的餅真香。」

「記得跟周郎說，公事辦完，早點回來。」

「嗯嗯……嗯嗯……」我和凌統塞了一嘴的油煎餅，光顧著趕上周瑜，這可沒時間回她呢。

主公的議事廳，擠滿了人，一邊喊著要跟曹操一決死戰，一邊嚷著別打了，天下太平比較重要。

張老夫子咄咄逼人：「公瑾，你應該贊同我的意見，曹操可是漢朝丞相。」

「張公的意思是……」

「先投降再說，曹操有兵有將，還有天子號令，他佔了長江上游，順流而攻江，江東無險可守啊。」

「張公所言，句句珠璣……」周瑜面上微微一笑，可是語出驚人，

我餓了……

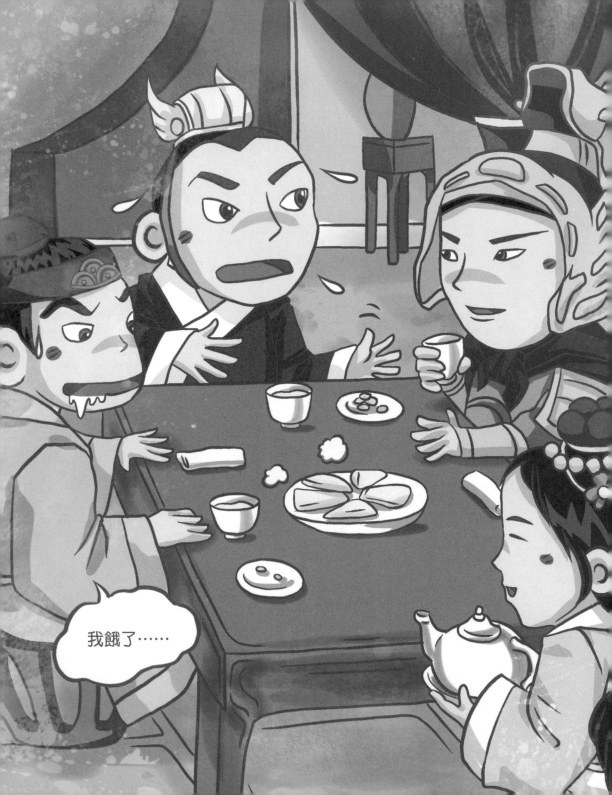

「可惜句句不通。」

我和凌統強忍著笑，張老夫子面子有點掛不住，他是三朝元老，誰敢說他不通？

「哪裡不通？」

「全部不通。」

張老夫子反駁：「我說曹操是大漢的丞相，難道錯了？」

「錯了，他不是漢相，而是漢賊！」周瑜提醒眾人：「當年董卓也曾做過大漢丞相，各路諸侯不是把他當作漢賊來討伐嗎？」

張老夫子不服氣：「曹操佔有長江上游，又有百萬大軍，這也說錯了嗎？」

周瑜搖搖頭：「我們江東土地千里，精兵數十萬，主公正可利用江東基業，為漢朝去除奸賊，豈可輕易投降呢？」

「打不過呢？」

「別擔心，曹操北方初定，人心不服，他沒有人和；曹操領著北地騎兵打南方水軍，他沒有地利；現在是寒冬，他把北方人帶到長江之中，軍中必然疾病橫行，又缺了天時。他既無人和，又少地利，也缺天時，曹操卻一意孤行，這是給主公生擒曹操的大好機會！」

原來身在鄱陽湖的周瑜並沒有閒著，他早就將敵我形勢摸得一清二楚，對前線軍情一知半解的老夫子聽了簡直是啞口無言。

周瑜拍著胸脯向主公請命：「我願率領數萬精兵，進駐夏口，為主公破敵！」

張老夫子正要站起來反駁周瑜，主公手在桌上一拍：「曹操一直想廢掉漢帝，自立為王，只是顧忌群雄，現在袁紹等人雖然被他消滅了，但孤還在。孤身為漢臣，當然和老賊勢不兩立，公瑾所言，完全符合孤的心意呀！」

主公說得這麼好，我和凌統連忙喝一聲采。大堂裡，其他武將也在拍手叫好，主公趁機拔出佩刀，一揮，一個桌角應聲落地。

主公冷冷的說：「誰再敢說降曹，有如此桌。」

議事廳裡，一時靜寂無聲。

當年討逆將軍說的對，內事不決問張昭，外事不決問周瑜，對抗曹操這種事，還真得聽周郎的。

9 讓程普說不出口的尷尬

打曹操，周瑜是主帥。

周瑜年輕長得帥，我們都服氣。

大柱子說得好：「跟著帥哥上場打仗，多光采。」

不過，江東有許多老將軍，像是當年跟隨討逆將軍的三大名將：程普、韓當和黃蓋，他們就不太服氣周瑜的領導。

主公宣布周瑜擔任都督的職務時，沒人敢反對，主公一走，老將軍們紛紛從鼻孔裡噴氣。

「長得帥就會打仗？」程普將軍不止一次說：「我出生入死，江東才

有今日，讓這麼年輕的人來掌軍令，唉，江東完了。」

老將黃蓋更怨。

黃蓋家住荊州零陵，那是個半開發的蠻荒之地。黃蓋從小喪父，生活過得很困苦，但是他卻是一邊砍柴，一邊讀書，自己學兵法，讀經書。當年討逆將軍招兵時，他就慨然應徵，為江東立下無數汗馬功勞。

山越平定後，他被派去石城縣當太守。說起石城，江東的人都知道，那裡的官員狡猾是出了名的，誰治得了他們呀？

黃蓋上任時，對著官員們說：「我只是個大老粗，行軍打仗一等一，但是治理地方卻是生手，還麻煩大家多多幫忙。」

「當然，當然。」石城官員個個興高采烈，來了個不懂事的長官，那以後更可以為所欲為了。

黃蓋還對他們說：「如果各位犯了錯，我保證，我絕對不會拿鞭子責打大家。」

人家說，新官上任三把火，黃蓋一上任，卻自己把火滅了。

那些官吏拍著手：「主公太英明了，才會派出黃將軍來呀。」

黃蓋呢，揮揮手，像個樸實的鄉下人，整天呵呵呵的傻笑。

看太守這麼老實，那些官吏可把平時的樣子全拿出來了，魚肉鄉民，欺壓百姓，要多壞就有多壞。

忽然有一天，黃蓋又把大家集合起來，在大堂上擺了幾張酒席。大家以為太守要請吃飯，筷子才剛拿起，黃蓋先點了兩個官吏的名字。

那兩人嘻皮笑臉的問：「太守除了請吃飯，還要頒獎給我們？」

黃蓋很嚴肅：「你們兩個是不是侵佔東城外十畝良田？還把陳太婆

的屋子給拆了？」

這兩人滿不在乎的說：「是有這麼一回事，那些土地……」

他們還要解釋，黃蓋卻把陳太婆請出來，陳太婆一見他們，嚇得直哆嗦，以為黃蓋和他們同夥。

沒想到黃蓋驚堂木一拍：「鐵證如山，官員犯法，罪加一等。」

兩人滿不在乎的請罪，他們想，反正太守說過，犯罪也不打嘛。

黃蓋瞪圓了雙眼：「我以前說過，我不會用鞭子責打你們，這不是亂說的。來人呀，把他們拉出去，斬了。」

「斬首？」

一聽斬首，底下的官員無心吃喝了，心裡忙著計算，自己犯了多少罪，那……那……，愈想愈害怕，人人都跪在地上求饒。

從此之後，石城縣的官員，個個清廉自守，再沒人敢犯錯。這就是黃蓋，低調、踏實又常會幹出一些出乎人意料之事。

周瑜一當上水軍大都督，黃蓋就和周瑜發生激烈的爭執。兩人對水軍操練有不同意見。

「我上戰場廝殺時，你還沒出生呢！」黃蓋有點倚老賣老。

「這都什麼年頭了，水軍操練要照我說的做。」周瑜鐵青著臉，氣急敗壞的喝令將黃蓋拖出去。

「不對就是不對，我不聽你的。」

「主公讓我掌軍令，你就得照我說的做。」

「我不服，殺了我也不服氣。」

一向好脾氣的黃蓋幾乎要拔刀了，滿堂武將上去勸也沒用。

周瑜和黃蓋像瘋了般，一個破口大罵，一個氣得七竅冒煙。

周瑜請出帥旗，祭出軍法，要判黃蓋不服領導；黃蓋呢，刀子都拔出來了。

鬧成這樣，大家都看著程普，現在也只有德高望重的他可以勸解。

程普乾咳了一聲，對周瑜說：「黃公覆說話衝撞了都督，請都督念在他為江東操勞多年，請寬恕他這一次。」

周瑜不依：「正因他仗著自己是老臣，所以才這般囂張跋扈，今日若不罰他，我這都督便被踩在腳下了，今日死罪可免，活罪難逃。」

哇！太帥了吧，連副都督程普都勸不了，周瑜一聲令下，派人把老將黃蓋打得皮開肉綻。

啪啪啪的，每一聲都讓人膽顫心驚。

都督，再打要出人命了！

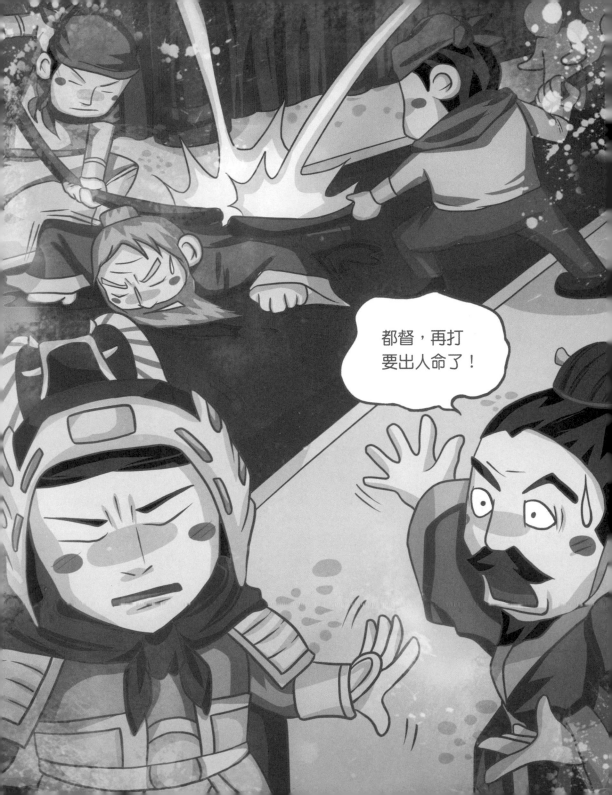

黃蓋是鐵錚錚的漢子，一聲不吭，死也不肯服軟。

打完了，黃將軍連站都站不起來，是被人抬出去的。

「連黃老將軍都敢打，周瑜真的是不把老將放在眼裡了。」

「程公說情也被駁了面子，年輕人可真是囂張啊！」

整個水軍營寨議論紛紛，一班老將整日聚在一起說周瑜的壞話。

大敵當前，水軍卻分成兩派，這可怎麼得了。

程普決定去找周瑜：「我有必要找公瑾好好談一談，江東不能亂下去了。」

我和凌統被喚去當跟班。騎馬出了城，找到駐地，周瑜不在，小兵們說是都督一早就去湖邊釣魚啦。

一聽釣魚，我笑了，比釣魚，我相信周瑜一定比不過我。

程將軍則吹鬍子瞪眼睛：「這……這……外有強敵壓境，內有老少將領紛亂，他還有閒心釣魚？」

我們匆匆趕到湖邊，湖邊停著一艘小帆船，舟首上悠然垂釣者，正是周瑜。

「都督！」程普躍身下馬，奔向帆船，周瑜亦向他招手。

周瑜朝著程將軍笑一笑：「人家說，冬釣鯽魚三大巧，竿長、線細、魚鉤小。程公也來釣魚否？」

就在程普躍上帆船的那一刻，周瑜卻從另一頭躍上岸去，我和凌統大吃一驚，以為周瑜要逃了。程老將軍想喊周瑜，身後卻有個熟悉的聲音說：「莫喊！」

我們回頭，一個蓑衣人坐在船艙中央向我們微笑，英俊瀟灑，正是水軍都督兼江東大帥哥周公瑾。

原來那個貌似周瑜的垂釣者，只是士兵假扮而已。

船悄悄划向湖心，我們滿心狐疑的看著周瑜，心裡想的都是——現在這是在唱哪齣戲？

「程公，曹操善用心計，只怕軍中早有他的奸細在，所以才請程公到這裡。」

「你怎麼知道我會來找你？」

周瑜笑道：「我打了黃蓋，老將軍們一定不滿，你是三朝老臣，面對這種情形定然心中不安，必然會來找我商議。」周瑜脫下蓑衣，微笑而語：「雖然對我有些不滿，程公畢竟是程公，凡事以大局為重！」

周瑜握著程普的手：「程公，你我身為左右都督，這一戰，只有你我同心才能獲勝！」

話說得對，程普唯有點頭。

「老少將領不合，我又打了黃蓋，事情鬧大了，我相信，奸細也會把這事傳給曹操，我們便有了用計的機會！」

「用計？」我和凌統互看了一眼，原來周瑜並未把老將的不滿放在心上，他反而從中看到了取勝的戰機。憑這一點，周瑜真是太高竿了。

我忍不住問：「所以都督才派人打黃蓋？」

「這可是黃老將軍自願的。這一計，還要大家繼續配合，需得讓曹操相信，江東老少將領不和，黃公覆再去詐降，他才會信以為真。一旦曹操中計，接受了黃蓋的投降，便是我們破敵之時！」

周瑜說得輕鬆寫意，程老將軍卻聽得滿臉通紅，幾次想開口，都說不出話來。

我猜他一定有點尷尬，同樣是三朝老將，黃蓋吃了這麼大的苦頭，冒著被殺的風險去曹營詐降。可是程將軍呢，整天說周瑜壞話，還憤憤不平的說什麼周瑜官位升得高只是好狗運。

汗顏呀！

10 就是要東南風

蔣幹是個有趣的人。

他很自負，說是周瑜的同窗，特來江東勸周瑜去降曹。

這些話如果他偷偷在周瑜耳邊說也就罷了，蔣幹不是，他在宴會裡大聲說：「曹公不日南下，江東大勢已去，公謹，識時務者為俊傑，該想想你的處境呀。」

眾家武將都喝了些酒，酒量不好、脾氣暴躁的，掄起拳頭就想好好招呼他，周瑜搖搖手，示意我們退下。

「都督，你……」

周瑜用眼光瞪了大家一眼，我們這才退下，就看那個蔣幹，大搖大擺的在席上扮醜說笑，渾不把江東武將看在眼裡。

「對了，你降了曹操，嫂夫人長那麼俊，她呀……」

蔣幹愈說愈不像話了，看看周瑜呢，他竟然還好意留蔣幹住一宿，難道周瑜真要降曹操？

隔天一大早，營裡紛紛擾擾，說是蔣幹半夜偷偷溜回江北。

對了，他還順道邀了龐統一起走。

周瑜很高興，把這事告訴主公：「龐統替咱們送藥方給曹操，治治他的偏頭痛。」

曹操有偏頭痛，這事大家都知道。

主公不明白的是：「為何要對敵人心軟呢？」

周瑜笑了一下：「主公有所不知，曹操會頭疼，全因擔心他的百萬大軍。來自北方的士兵擅長騎馬，不慣乘船，這幾天，江邊風大水寒，聽說天天都有人掛病號，染上了風寒，曹操看了，偏頭痛就犯了。」

「龐統怎麼幫他治病呀？」

對呀，曹操擔心士兵生病，龐統有什麼辦法醫呢？

周瑜笑著說：「臣請龐統獻計，讓曹賊用鐵索將主力戰艦相連，鋪上木板，如此一來，平穩猶如陸地，曹軍就能在船上騎馬了。」

主公搖搖頭：「曹軍大船相連，行動不便，曹賊豈會上當？」

周瑜解釋：「龐統會建議曹操，大船相連，小船編成巡邏分隊，在船隊四周巡邏，一有情況，立刻發出警告。方才探子回報，曹軍已將大船全部連環索在一塊兒，看來，曹操的偏頭痛應該好了。」

「哈哈哈，這真是今冬最佳喜訊！」

看主公那麼高興，周瑜還特別邀請主公登船，說是要去看看曹操的水寨。

那艘船，四周飾以綵球和紅帶，上頭還有一班鼓樂隊，主公一登船，絲竹音樂就響了起來，遠看倒像是一艘喜船，要去迎娶新娘似的。

江水悠悠，音樂聲揚，一下子就到了曹軍水寨前。

哇！如果說江東水軍叫做整齊，那曹操的水寨就叫盛大威武了。

望不見盡頭的三桅大船船隊，由鐵索併連在一起，沿江泊著。前置中型蒙衝戰艦，外頭有水門，一連設了數十個水門，門裡是小船水道，來往巡邏。

周瑜正指著曹軍水寨向主公說明黃蓋會從哪裡進攻，這火要怎麼放，一陣北風起，吹得曹字旗幟迎風獵獵招展。

周瑜看看旗幟，看著看著，突然喊了一聲，仰天倒下來，幸好凌統手快，一把接住他。

「都督，都督，怎麼了？」船上的人登時鬧了個手忙腳亂。

好半天，周瑜才悠悠轉醒，主公緊張的問：「怎麼了？怎麼了？」

周瑜指著彩船上的繡旗，繡旗在風中飄揚。

「旗子不對？」我問。

他搖搖頭，好半天才說：「風，萬事俱備，只欠東風。」

現在是冬天，只有西北風，沒有東南風；我們想要用火攻曹操，但是曹軍佔據西北，江東軍在東南，如果用火攻，豈不是先燒了自己？

難怪周瑜會怒急攻心。

「現在怎麼辦？」主公想問，可是船上沒人能回答。

回程，誰也沒心思聽樂音，只想快回大營。綵船順江順風，比來時快了三、四倍，因為現在是強勁西北風吹送，順風順水，如果風向不變，即使黃蓋詐降、龐統獻計又有什麼用？

周瑜的病，諸葛亮說他會醫。

這倒奇了，周瑜派龐統去治曹操的偏頭痛，諸葛亮反過來卻來醫周瑜的病。

「心病需要心藥醫，都督萬事俱備，只欠一樣藥引。」

瞧諸葛亮說得煞有其事，連主公都忍不住問：「欠了哪樣藥引？」

都督，這東風到底
何時來呀？
這……

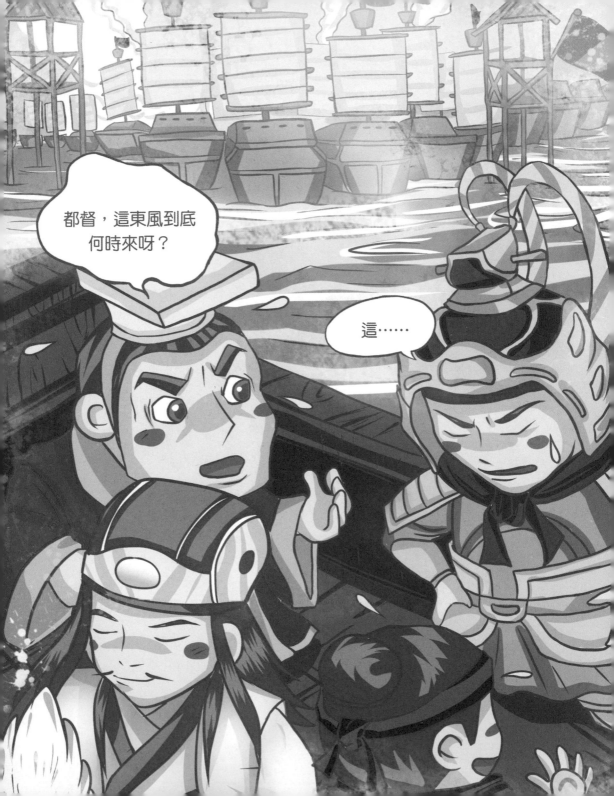

諸葛亮大筆一揮，白紙上赫然出現「東風」二字。

周瑜掙扎著從床上起來，瞪著諸葛亮問：「可惜正值隆冬臘月，何來東風？」

諸葛亮一笑：「依我看，近日天氣回暖，尤其白日，晴空萬里，江面平靜無波，倒有幾分三月小陽春。」

周瑜蒼白的臉上，終於露出笑容了：「意思是……」

諸葛亮大笑：「都督速速回到軍中，東風一至，大戰就要上場啦。」

11 把曹操燒回姥姥家

東風還沒來，我們先鋒營和黃蓋已經準備好了。三百個人操練五十艘小船，小船用油布密密遮著，裡頭堆滿了乾燥的蘆葦、稻草和火油。

對了，五十艘船上都插著青龍牙旗，三角形的旗幟，在西北風裡啪啦作響，就等東風。

只要東風到，大戰一開打，江東水師的主力艦隊，都會緊跟在我們的船後，對曹操水寨發動突擊。

黃蓋不止一次皺著眉頭，像隻哮天犬般用力的嗅著：「諸葛亮說好

的東風在哪呀？」

不止他急，凌統也多次跑來江邊觀風向，我笑他：「如果風吹來，你還怕吹不進城裡嗎？你安心陪主公在城裡等吧！」

他搖頭：「主公就是性子急，他一日催我數次，就是要我來看何時吹東風。」

看？光是用看的就能把風給看到轉向嗎？如果這樣，還不如設個祭壇，登壇求風算了。

我們盼著一場風，烏林那邊的劉備應該也是，諸葛亮早一步回去了，約好東南風起，兩家夾攻曹操。

風呢？

諸葛亮說這風不日可到，不日，不就是這幾日？

急死人了。

等呀等呀，清晨等到中午，淨吹西北風。過了中午……樹上麻雀兒不叫了；咦，什麼時候西北風悄悄的停了，青龍牙旗垂頭喪氣的；夕陽西下時，火紅的彩霞染上了天邊，風向好像……好像變了，沒錯沒錯，牙旗全部直指西北，而且愈來愈猛。

黃老將軍拍著我的肩：「小魚郎，咱們去燒掉曹操的鬍子吧！」

五十艘小船，點起了船火，向西北出發。

燒呀，今晚夜襲曹操的船吧！

燒呀，今夜燒掉曹操的鬍子吧！

我們邊搖著船，邊唱著歌，沿途不斷遇到曹操的小船。

「來者何人？」

黃老將軍站到船首：「某乃黃蓋，親自帶著江東水軍與五十艘糧草來降曹丞相。」

「是黃老將軍呀，歡迎歡迎！」巡邏的小船，紛紛讓出水道。

曹營水寨，燈火通明，愈近愈覺得雄偉，東風飄飄，江水滔急，前方船樓有人喊著：「丞相有令，今日東南風大，黃蓋暫勿入營。」

難道曹操發覺了嗎？

水門大開，像是有船要出來，黃老將軍晃一晃火把：「曹操，今日讓你見見江東健兒的英勇。」

那是我們約好的暗號，大家同時將船艙點火，小船上淋過火油，火把一點，立刻冒出熊熊大火。

水寨內，人人喊著中計了、中計了。

黃老將軍狂笑：「燒呀，燒掉曹操的鬍子吧！」

「先鋒營的兄弟，建功立業，就在今朝。」我大吼。

大柱子的號角吹得急，五十艘小船順江而去，船輕水急，東南風助長火勢，我們跳進隨後跟來接應的大船，目送著火船在強勁的東南風中衝向曹軍水寨。

「燒啊！」連大柱子都忍不住大聲呼喊起來了。

才那麼一瞬間，曹操的龐大艦隊陷入一片火海，遠望江北岸上，陸地上的曹軍營寨也升起騰騰大火。

此刻，曹軍士兵紛紛跳水，有些人一邊跳一邊喊：「天哪，我不會游水！」

黃老將軍笑得好暢快，大刀指向曹營，突然，一枝箭射中他的肩膀，他翻身落水。

「黃將軍，黃將軍。」

大柱子跳下水，大家七手八腳趕快把他救起來。

江水很冷，被大火照得好明亮，即使是那樣冰冷的水也擋不住黃老將軍的笑容。

「燒呀，燒呀，燒得曹操回姥姥家。」

呼～冰涼的江水
舒服多了！

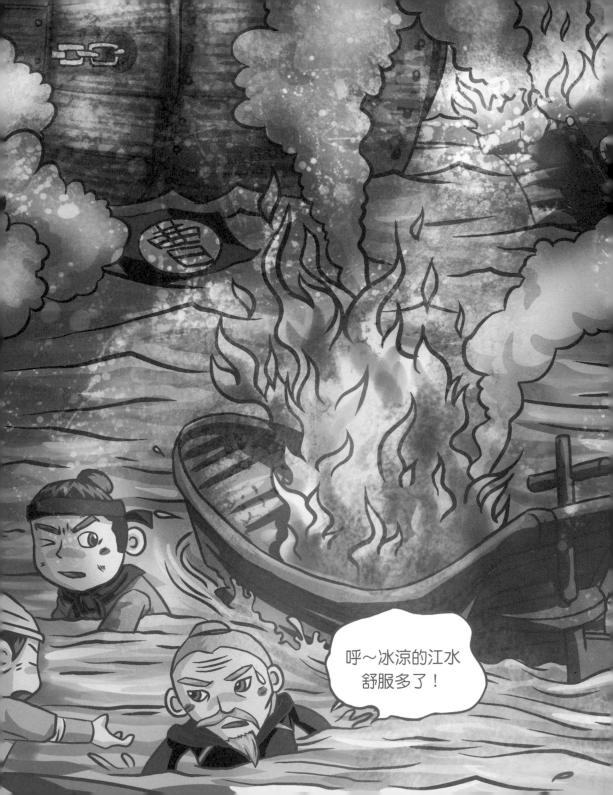

12 劉備的太太好年輕

赤壁之戰後，魯肅笑嘻嘻的回來了。這回孫劉聯軍打了大勝仗，魯肅是大功臣，所以主公特別帶著我們去迎接他。

鼓樂隊吹吹打打，炮仗劈里啪啦，魯肅一下馬，主公親自牽著他的手走進城門。

大家都來，只有張老夫子不見人影。他不來也好，赤壁大戰前，他堅持要降曹，如果當初聽他的，可能就沒有今天的開心場面了。

主公緊握著魯肅的手，進了議事廳。

主公說：「子敬，孤今日下馬迎接你，你有沒有覺得很光榮？」

出乎意料的是，魯肅竟然回答：「不！」

哦，這魯肅也太臭屁了吧，主公都親自下馬迎接，攜手入堂，竟然還嫌不夠？

魯肅緩緩向主公拜下：「願主公一統天下，天下百姓此後安居樂業，那時主公召見微臣，才是魯肅最大的榮耀呀！」

哈哈哈，魯肅平時看起來挺老實的，原來這麼會拍馬屁。

主公笑得很開心：「一統天下，哈哈哈，沒錯沒錯，那時孤一定再召見你。」

魯肅回來，還有件大事，他想讓江東與劉備的聯盟更穩固。

魯肅說，劉備的糜夫人在長坂坡為曹兵所害，甘夫人又在前一陣子去世，劉備一想到太太，愛哭包的個性又來了，他的淚水像是長江的江水，止不住的流哇流。

他提議：「如果江東能趁此良機，尋個美人和劉備結為親家，兩邊的合作就更穩固。」

「那你們說的美人是誰？」不止主公有興趣，我也很有興趣。

議事廳的人都望著魯肅，魯肅看看我們，他停了一陣子，一直紅著臉，想說又不敢說。

急性子的韓當老將軍催他：「子敬，究竟是誰呀？你別賣關子呀！」

「嗯……嗯……是……」

「我最討厭人家吞吞吐吐的了，究——竟——是——誰！」韓當老將軍最後這四個字，簡直就像獅子在吼一樣，哐啷哐啷的，議事廳外的

侍衛，刀劍掉了一地。

「是……尚香郡主。」

「尚香郡主是美人？哈……」韓當老將軍忍不住笑，但是只笑了兩聲又立刻住嘴。

尚香郡主是主公唯一的親妹妹，長得很漂亮，但是郡主才二十四歲，聽說劉備都快五十歲了。

主公鐵青著臉：「你們叫尚香嫁給五十歲的老頭？」

魯肅急忙解釋：「不不不，劉備今年才剛滿四十九。」

「足足大了一倍有餘。」主公還是很生氣，「他那麼好，那你自己嫁他啊。」

魯肅還真怕主公叫他嫁劉備：「主公，您息怒，試想，如果劉備真

娶了尚香郡主，孫劉的聯盟就更穩固了，而且，以後您便是劉備的大舅子，他得稱您一聲……」

「大哥！老劉得叫我大哥，太好了……太好了……」主公轉怒為喜，正在呵呵大笑，外頭突然有人問道。

「二哥，何事之喜呀？」

真是說尚香郡主，郡主就到，我們正在說她的婚事，她就恰好來了，不但自己來，還有一百多個丫鬟，帶刀佩劍的進到議事廳。

郡主兩手叉腰：「二哥，還不說？」

「啊……嗯……呃……」主公一時發愣，吶了半天也說不出話來。

韓當老將軍說他年紀大了，該回去休息了。他一走，一大群官員全跟著離開。

主公看看魯肅，意思是要他開口，沒想到魯肅竟然說他好久沒回家了，也該回去了。

「你……」主公拉住魯肅。

魯肅輕聲的說：「主公，這種事，當然是您要開口呀，微臣告退。」連魯肅都走了，我和凌統當然也跟著他退出來。

我偷偷問凌統：「郡主會答應嗎？」

凌統說：「為了江東，破虜將軍和討逆將軍都已犧牲，主公肩負江東六郡百姓的安危，那郡主呢？她身為孫家的一分子，嫁劉備，就是她的戰場。」

凌統沒猜錯，不知道主公用了什麼方法，尚香郡主果然答應嫁給劉備，喜訊交由魯肅負責傳達。

張老夫子判斷，劉備怎麼可能會再娶一次親，從此受制於江東？他認為魯肅太年輕，想像力太豐富，這回求親，一定失敗。

讓張老夫子生氣的是——這回他的判斷又錯了。

愛哭包劉備，果真派了趙雲帶著迎親隊伍，浩浩蕩蕩來到江東。

張燈結綵喜洋洋，人都想看主公嫁妹妹，十字大道擠滿了人。

一頂大紅花轎裡，坐著郡主，前前後後跟著的，都是尚香郡主那幫佩劍丫鬟。

有個老先生替劉備捏把冷汗：「要是哪天劉備不小心惹怒了咱們郡主，她關起門來，將劉備依軍法處置，到時任劉備喊破天也沒有用。關羽、張飛再勇猛，諸葛亮再多謀善斷，也不好管人家夫妻的事吧。」

郡主終於嫁出去了……

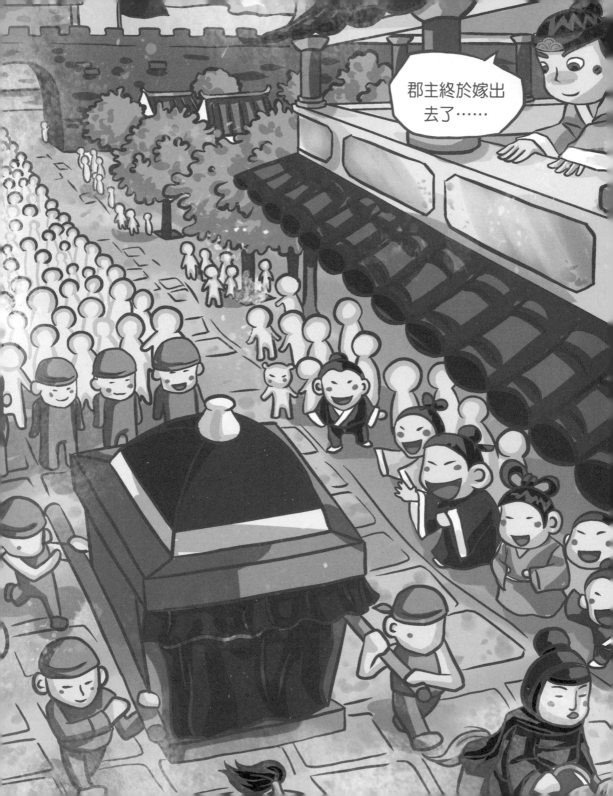

「對呀，堂堂一個劉豫州，被老婆打了，傳出去這事找誰說理去？」

有名武將，一直緊跟在花轎邊，他的身材高大，相貌威武。

我問凌統：「那是誰？」

「趙雲。」

「他是趙雲？那個長坂坡名將？」

凌統點點頭。

虎將趙雲，走起路來昂首闊步，連我也忍不住讚歎：「真是名不虛傳呢。我想他心裡一定很得意吧！」

「不，很尷尬，」凌統說：「如果我是他，與其來這裡對付郡主那一幫女兵，還不如再戰一回長坂坡呢。」

隔了一年，劉備帶著尚香郡主回江東，名義上是要陪太太回娘家，其實是有求於主公。他說自從赤壁之戰後，他的軍隊人數愈來愈多，希望主公把整個荊州借給他。

周瑜連夜送來一封信，他要主公趁此良機，扣下劉備：

「赤壁之戰中，出最大力氣的是江東，劉備卻得到最大好處，有了根據地，還佔住荊州。我們只要扣下劉備，他手下的關、張等人群龍無首，荊州就是我們的囊中物。」

主公這人有個好習慣，遇到事情總要多問幾個人。

他先問張老夫子，老夫子說：「自從討逆將軍去世以來，江東一直是孤軍作戰，如今剛剛有了一個能並肩作戰的盟友，轉眼間便要翻臉？盟友之間互相算計，這樣真的會對江東有利嗎？」

主公想想，好像也有理，他派我去請魯肅與呂範來。

呂範曾在討逆將軍時代掌管江東的財政。

聽說當時，我們主公年紀小，還挺會花錢的，常常月底就沒錢花啦。他私下常向呂範討錢花用，沒想到呂範是個老實人，每次都會把這件事向討逆將軍報告。

主公當時很生氣：「何必這麼麻煩，不過是一些小錢罷了，為什麼要驚擾大哥呢？」

「雖然是小錢，卻是公庫的錢，沒有討逆將軍的許可，怎麼能私相授受呢！」

於是，主公就覺得呂範很古板，不可親近。

但是等到主公自己掌權了，他卻想起呂範正直的好處，他告訴大

家：「這樣的人，才值得信任。」

「當個正直的人總是有好處的。」這是凌統對他的評語。

「那如果主公一直沒當主公？」我問。

凌統嘻嘻一笑，手指在我頭上敲敲：「傻魚郎，那他就幫討逆將軍管財政呀。」

現在，劉備要借荊州，呂範支持周瑜，贊成先將劉備扣留下來。

魯肅反對：「我們不但不能扣留劉備，相反，還應該答應劉備的請求，把荊州『借』給劉備。」

「這是什麼話，魯子敬你瘋了嗎？」主公大吃一驚。「你當年不是叫我要佔領長江，然後圖霸天下嗎？現在為何要把荊州借劉備？」

魯肅很正經的說：「此一時彼一時，當時曹操尚未南下，所以我們的敵人是劉表、劉璋。如今曹操消滅群雄，天下只有主公與劉備足以與曹操對抗而已。」

呂範聽了不以為然：「赤壁之戰證明，沒有劉備，我們也可以對抗曹操！」

「不，赤壁一役雖然擊退了曹操，然而以曹操的實力，這一擊他並未受到重創，往後要單獨以江東之力對抗曹操，恐怕難以持久！」

呂範搖頭：「如果我們兼併荊州，擁有兩州的人力與物力，如何不能與曹操對抗？」

魯肅解釋：「江東與荊州人世代敵視，從前我們和劉表、黃祖打了那麼久的仗，很難在短時間融洽起來。我們不妨借助劉備安撫荊州人，讓他們逐漸認可我們的統治。」

「如果讓劉備在荊州發展，荊州便是他的了，那時，江東又該如何要回荊州？」

「扣留劉備並不是一件很容易的事，他的部下關羽、張飛等人若是因此投向曹操陣營，我們豈不是又給自己增加了敵人。」

魯肅進一步解釋：「有借當然也要有還，將來劉備若有了新領土，主公便可以向他討回荊州，到時候，主公東邊佔徐州，西線拿荊州，多美啊。」

主公聽到這兒，點點頭：「孤意已決！就借荊州給劉備，讓他的領土與曹操接壤，讓劉備替江東守第一道防線，也逼曹操派大軍守邊線，這就減弱了江東的壓力，江東可以全力去取徐州。」

隔天一大早，劉備帶著夫人回荊州，他們前腳走，周瑜後腳到。我們向他打招呼，他也不理，臉很臭，腳步很急，進了大堂，向主公抱怨：「主公縱虎歸山，只怕將來老虎要吃人！」

「公謹，孤意已決，你不必再說了。」

「不，主公，臣還有另外一個建議，如果不能取荊州，咱們可以把眼光望向西邊。」

「西邊？」

「西邊的益州。」

益州沃野千里，自古就是個天府之國，早在十年前，魯肅就建議主公取益州。要取益州，主公贊成，君臣同心，周瑜再無顧慮，停留了兩三天，便趕回前線。

不過，周瑜的船還沒回到駐守之地，舊病復發，又病倒了。

周瑜的病來自一年前的箭傷。

一年前，周瑜和曹仁在南郡隔江對陣，曹仁知道周瑜的厲害，堅守城門不出，周瑜為了鼓舞士氣，親自披掛上陣，帶領將士衝鋒陷陣。可惜他的運氣不佳，被箭射中右肩。

「哎呀！」

周瑜的傷勢不輕，本來想鼓舞士氣，現在反而振奮了敵人的士氣。

曹仁聽說周瑜受傷，立刻帶兵到周瑜軍營前大肆招搖嘲笑：

「請問周都督身體好不好呀？」

「叫周瑜出來嘛！」

「周瑜周瑜，你還能下床嗎？」

躺在病床上的周瑜，氣得火冒三丈，強撐著病體披掛上馬。

原本洋洋得意的曹仁，一見到周瑜出來了，嚇得大叫一聲：「唉呀，中了周瑜的計啦。」

曹仁一跑，江東軍就追上去了，打落水狗最簡單，殺得曹軍血流成河，從此只要聽到周瑜的名字，都會嚇得作惡夢呢。

然而，也因為那次硬撐，周瑜身上的箭創久久不癒，主公屢次問他，他總是說無礙。小喬嫂子很擔心他，三番兩次託我和凌統帶著油餅去探望他。

「無事，你們兩個小伙子，好好陪主公，順道跟小喬說，我壯得像頭牛。」

他說得那麼輕鬆，大家都以為他的傷真的無礙，凌統還自動請纓，希望周瑜打益州時能繼續當先鋒。

主公樂得派我們去周都督麾下：「打下益州後，孤把你們這些孩子全升將軍，往後再靠你們打曹操。」

多謝主公的話還沒飄上天，花現還沒調頭呢，一匹黑馬狂奔而來：「稟主公，周都督……周都督箭創復發，昨日……昨日不治。」

朗朗乾坤，北風卻突然颳起。我聽到哐啷一陣聲響，回頭看到主公扶著座位，他的手不住顫抖，剛才與我們同飲的銅杯，就在地上轉呀轉呀……

13 濡須塢之戰

江南的七月，我們先鋒營的兄弟，全被陽光烤成紅通通的蝦子。江邊沒有樹，大家都在搬石頭，要蓋一座大型的水上船塢，陽光就這麼直接晒在我們赤裸的身上。

士兵不打仗的日子，就是蓋房子，前幾年忙著蓋建業的新城，主公說建業龍蟠虎踞，曹操想要打江南，就得先打下這座城。

建業城的城牆足足有二十丈，依山傍水，用的是上好的石材，易守難攻，看過的人都說好。

蓋好了城，今年主公又下令在城外建碼頭，蓋船塢。

那是呂蒙的建議，要在石頭城附近加建一個堅固的水上基地，半山半水，做為石頭城的外圍防線。

老將軍們大概蓋房子蓋煩了，一個個振振有詞：「我們堂堂水師，上岸能擊賊，下船能作戰，根本不必建水塢。」

凌統也反對，他說應該抓緊時間訓練，不是天天泡在水裡搬石頭。

果然是我的好哥們，說出我們的心聲。

呂蒙解釋：「作戰沒有百戰百勝的道理，如果強敵驟然入侵，騎兵攻擊我後方，我軍未必來得及撤到水邊，豈能悠閒入船？」

主公豎起大拇指，頻頻誇讚，我和凌統對看一眼，心裡想的都是：完了，主公竟然要聽阿蒙的話，大家這次真的要去搬石頭啦。

江東的人都知道呂蒙是個大草包，連寫信回家也要請人代筆；軍隊裡，大家都說他是大老粗，暗地裡叫他阿蒙。

主公最早本想把尚香郡主介紹給他，誰知道郡主寧死也不嫁阿蒙。

那回，主公就勸他：「阿蒙啊，你有空就多看看書嘛。」

阿蒙哪愛看書，他總推說軍中公務繁忙，沒空。

主公笑他：「你再忙哪有我忙，我每天都還看點書，增長點智慧呢。」

對呀，主公統領三軍，還要處理政事，誰會比他忙？

阿蒙想想有道理，從此發憤圖強，一有空就讀書，有時遇到我，還會考我：「小魚郎，你說這三十六計，哪一計最厲害？」

我答不出來，他就哈哈大笑：「腳底抹油，溜為上計。」

魯肅本來也瞧不起呂蒙。

不過呢，魯肅奉命去牽制關羽。有一次，魯肅路過呂蒙駐地，呂蒙問他：「你擔當國家重任，與關羽為鄰，有什麼計策防範關羽呀？」

魯肅隨口就說：「我都是隨機應變的。」

呂蒙正經的說：「現在吳、蜀雖然和睦，但是關羽如熊似虎，對付他，怎能不預先擬定計策呢？」

聽說，呂蒙一共舉了五套對付關羽的方法，當場讓魯大夫站起來向他鞠躬。

「你的學識淵博，不再是昔日的吳下阿蒙。」

「士別三日，你也該對我刮目相待了嘛！」

好了，昔日的吳下阿蒙，官愈做愈大，主公對他，言聽計從。

蓋濡須塢就是阿蒙的主意。

我們花了半年的時間，建了一座半山高的濡須塢。

老將軍們還是看笑話的多。

「曹操打來了，我帶船去殺他，用不著這種船塢。」

呂蒙聽了笑一笑，也不多解釋。

秋天，黃色的天，黃色的大地，黃褐色的大雁由北地往南飛。

曹操也像要來過冬似的，帶著四十萬大軍，從陸地直接殺來。

兵勢強大，我們一時無法抵擋，幸好有濡須塢，主公急忙帶我們撤進城裡。

大家進城後才發現，徐盛被敵軍圍住，進不了城。這時，遠方的將

領過不來，城裡只有主公，於是主公帶著我們殺出去接應徐盛。城外，張遼和徐晃像蒼蠅見了糖，立刻把主公團團圍住。四面八方，響的全是同一句話：「抓孫權！」

「抓孫權。」

一支特別凶狠的軍隊殺過來，帶頭的是許褚。他手持雙斧，勢不可當，凌統和我拚了命才擋住他，但我們的隊伍卻被分成兩半，前後不能相救。

「主公！誰能救主公？」我大叫，想過去，許褚的斧頭讓也不讓。正危急，一個高大身影衝過我身邊，是周泰，主公的貼身侍衛長。

「我救主公。」他拍馬舞刀，我和凌統緊貼在他身邊，好不容易找到主公。

周泰開路：「主公，跟我來。」

我和凌統在兩旁護衛，千軍萬馬中，我們像是海上小舟，幸好有周泰，他的長槍替我們開出一條血路。

衝到外圍，我擦擦身上血水，周泰回頭問：「主公呢？」

「主公沒有跟我們出來？」

周泰拍轉馬頭：「凌統、小魚郎，跟我來。」

我們再次殺回大軍之中，救出幾個落單的江東士兵，周泰問：「主公何在？」

士兵們指向兵馬最多的地方：「主公被圍在那裡，情況緊急。」

周泰二話不說，翻身再回戰場，他打開包圍圈：「主公，跟我來。」

於是周泰在前，我們陪著主公在後，奮力衝出。

來到江邊，回頭；見鬼了，主公又不見了。

這真是太奇怪了，主公不能搞丟，周泰毫無怨言，轉身又投入戰場，我和凌統也二話不說，殺吧！

主公又被敵人圍住了，我們勉強殺進去布了一個防線，曹軍放箭，數不清的箭雨，盾牌都被射成了刺蝟。

主公憂心忡忡：「曹軍亂箭齊飛，走不出去，怎麼辦？」

周泰大概是被主公失蹤給嚇怕了，他說：「請主公在前，我們擋後，必可突圍。」

於是，主公縱馬先行，周泰和我們負責斷後，這才把主公平安送到我們的陣地。

周泰身中十幾槍，血把他的盔甲都染紅了，主公要他先去包紮，但是他一聽到好朋友徐盛還陷在敵陣裡，立刻又哇啦哇啦的殺進去了。這回，我和凌統跟不上他，不是不去幫忙，是我的花現軟了腿，爬不起來。

凌統不放心，牽過另一匹馬就想跟去。我剛爬起來，戰場裡一陣喧譁，周泰騎著棗紅色的馬，像一陣旋風回來了，馬上載的人正是徐盛。

曹軍這場突襲來得急，幸好有濡須塢我們擋住，又幸好有周泰救回主公。

周泰療養了幾個月，在第一場雪下來之前，回到了營中。

主公當我們的面，命令周泰把衣服脫了。

「小魚郎，主公要做什麼呀？」凌統悄悄問我。

我搖頭。

周泰脫了衣服，大家同時發出一聲：「哇！」

哇！他的身上全是疤痕，刀傷、槍傷、箭傷……

主公指著肩膀問他：「這裡怎麼受的傷？」

「有人用暗箭傷主公，來不及用盾牌，我撲過去擋。」

「腿上的傷呢？」

「扶主公上馬時，敵人的長槍刺來，臣暫以腳代盾牌。」

主公不說話，單腿跪地倒酒給周泰喝。一處傷口一杯酒，周泰全身一共有四十餘處傷口，連飲了四十多杯，整個中軍大帳裡，哭成了一片。

以前大家都說周泰出身低，許多老將軍還不屑跟他同朝為官呢。

這回，主公賞他一把青羅傘蓋，高高的傘蓋，只要他一出來，大家都知道，周泰到了，那是江東第一勇士，只有為江東立下大功的人才有這種光榮。

我很羨慕：「什麼時候我也弄一把回家，讓鄉裡父老沾沾光。」

凌統點了點頭：「于龍，下回打曹操，咱們賣力打，也去賺頂青羅傘蓋回來。」

我大笑：「好，最好先鋒營的兄弟，一人分一把，大家不吵架。」

結果，東吳和曹操的戰爭，從秋天打到冬天，我們的軍糧所剩無幾，主公天天愁眉不展的。

那個愛現的甘寧就說：「主公別擔心，今晚，我帶一百個騎兵去夜襲曹營，讓曹操見識一下江東健兒的厲害。」

「一百個人？」凌統哼了一聲，「吹牛。」

主公也猶豫著，甘寧卻拍著胸脯保證，如果回來掉了一個人，他就不算英雄。

甘寧這麼有信心，主公很高興：「來人呀，抬酒上來。」

兩大甕的酒，飄散出濃烈的酒香，一百個敢死隊員，人人低著頭。

主公催他們跟酒，沒人舉起酒杯，氣氛很尷尬。

「一百個人打曹操四十萬大軍？」凌統冷笑一聲，「叫我去，我也不去。」

對呀，都怪甘寧，幹麼要帶他們去送死？

唰的一聲，甘寧拔出長劍，一手端酒，仰著頭，咕嚕咕嚕的把一碗公酒喝光：「你們在主公眼中的地位能與我甘寧相比嗎？我都不在乎這顆頭顱了，難道你們的腦袋就多值幾個銅錢嗎？」

看到甘寧生氣了，這些人互相看一看，大概知道這場仗躲不過了，於是人人放膽喝酒。

「孤敬大家。」主公再次端起酒杯。

「主公，請！」一百零一個人同聲大喝。

「乾！」

主公一一與他們對喝，喝完了酒，一百零一個人同時將碗摔到地上，跳上馬背，頭也不回，趁著夜色往曹營而去。

凌統本來恨極了甘寧，但在這個時刻，他也跟我爬上濡須塢城樓。

等待，讓人心急。

今晚沒有月亮，卻有滿天的星斗。

城樓上，人愈聚愈多，遠方，曹營的方向……終於，江對岸衝起一道火光，那是甘寧他們與敵人交戰了。主公不放心，探子如流水般來回穿梭。

先說是曹軍被困在濡須塢外日久，防備鬆懈，甘寧等人衝進去時，曹營不知敵人有多少，只敢守在營內，弓箭也不敢亂發，竟然讓甘寧的一百騎兵，在曹營內任意馳騁。

「今晚曹操睡不著覺啦。」主公高興的派周泰去接應他們。

城樓下，甘寧回來了。

一百零一個敢死隊員全都回來了。

甘寧回到營門口，那一百個士兵擊鼓吹笛，喊著萬歲萬歲萬萬歲。

主公親自去迎接他們，甘寧下馬跪拜，主公扶起他：「你這回立下的功榮，足夠讓曹賊擔心害怕了，不是孤捨得你的頭，而是想看看你的光采呀。」

主公回頭對我們說：「曹操有大將張遼，孤也有名將甘興霸，足以跟他對抗。」

就在一片向甘寧賀喜的聲浪中，一人大喝：「臣願領兵戰張遼。」酒杯放下，道喜聲暫停，眾人錯愕中站起來的，竟然是凌統，也應該是凌統。

見到大家沒反應，凌統再說了一次：「臣願上場戰張遼。」

甘寧和他有殺父之仇，見甘寧立功，他也請纓上陣。

「曹賊被偷襲後，必然有所防備，你……」主公遲疑。

「我只需要五千兵馬。」

「五千？」我大叫：「凌統，太少了吧？」

凌統看了我一眼：「小魚郎，你不敢同我去？」

我站起來，把酒一口飲盡：「你敢我就敢。」

主公大喜：「好好好，讓曹操見識咱們江東小將的風采。」

漫長的黑夜即將過去，我騎著花現走出城樓口，太陽出來了。

憤怒的曹操把營中的大將全派出來了。

大鬍子樂進，紅盔甲的張遼，愛生氣的李典，三個人站成半圓型，樂進正問來者何人時，凌統二話不說，舉刀拍馬前去，我跟上幫他掠陣。樂進的馬上功夫好，凌統也不怕他，兩個人捉對廝殺，你來我往，殺得難分難解。

我和大柱子擔心凌統，手一直按在刀上。

突然，曹軍有人放了枝冷箭，射中凌統的坐騎，那匹馬直立起來，把凌統給掀翻在地上。

我想救他來不及，樂進長槍舉起，正要刺下時，我耳邊聽得一陣弓弦響，我軍也有枝箭射中樂進的臉，樂進翻身落馬，我和大柱子趁機救回凌統。

城樓上，主公擔心大家安危，已經鳴金收兵。

凌統總算逃過一劫，大家都說他是福將，能在曹營三將包圍下，安全回來。

「你更該謝謝甘寧。」主公說，「要不是甘寧射出那枝箭，或許孤又要失去一員大將了。」

「甘寧？」凌統顫聲的問，「真是甘寧？」

滿座的人都點頭，大家全望著甘寧，反倒讓甘寧有點不好意思。

「那是我應該……我應該做的事。」

「你？」凌統望著他：「我不要你救，我寧願讓樂進一槍刺死，我也不要你賣好。」

「對不起，我……我不是故意……」甘寧很尷尬的說：「但是下回，如果下回江東的將領有難，我還是會出手，不管是不是你。」

「你……」凌統的臉上陰晴不定，那滋味一定很難受，明明就是殺父仇人，卻同朝為官，現在還被他救了性命。

這是命運嗎？

凌統頹然的坐下，大口大口的喝著酒，冷眼看著主公升甘寧的官，冷眼看著大家向他道賀敬酒。

我和大柱子坐在凌統身邊，他的眼眶紅紅的，我拍拍他的肩：「一個人喝酒太悶了，我和大柱子陪你喝。」

「不醉不……歸？」他都喝到大舌頭了。

「對，不醉不歸。」我大口把酒乾了，平時的酒滋味還不錯，怎麼今天喝起來，澀澀苦苦的，像加了……淚水般。

這場戰爭陷入膠著狀態，曹操打不過我們，卻又不肯退兵，我們只好陪他耗著。

春天連下了二十幾天雨，江水浩蕩，每天早上總是一層濃濃的霧。

「凌統、于龍，你們是江東最年輕的小將，走，陪我去走走。」主公心情很好，乘著小舟，帶了我們就要從濡須口出去。

「主公要去哪兒？」凌統問。

主公笑著說：「去看看老曹的營區，你們兩個小將敢不敢去？」

我和凌統當然說好，如果碰上老曹，只要一刀把他劈了，這場仗就打完了嘛！

張老夫子趕來喊停。

他拍著胸口：「主公，危險哪，您萬萬不可輕敵呀！」

主公笑說：「當年班超投筆從戎，說是不入虎穴焉得虎子，今日，就讓孫仲謀學學班超吧！」

江面濃霧，主公怕曹操起疑，舟上還帶著樂隊，鼓樂齊鳴，緩緩而行，不久，就到了曹軍水寨前。

因為霧氣太濃，曹操的水寨裡，也沒有船出來，倒是示警的鐘聲四處響起，部隊移防的腳步聲、槳聲，雜亂可聞。

「來船停止。」霧裡有人喊。

主公只一個勁兒說：「別理他，再前進點。」

我們的船前進沒多久，一陣箭雨由空中落下，幸好大霧瀰漫，他們認不清我們的方位，射來的箭力道不強，落在甲板上。不久，我們的輕舟便因中箭太多，船身傾斜，都快翻船了。

主公不慌不忙的令船頭轉向，讓另一側受箭，兩邊受到的箭平均，這才安全返航。

「主公，您怎麼可以冒此大險呀。」

張老夫子在岸上擦著汗，氣急敗壞的念著。

主公微微一笑：「孤想過，曹操生性多疑，濃霧瀰江，他不知我軍有多少，必不敢派軍出擊，無妨。」

主公無妨，張老夫子可把我和凌統念了一遍又一遍：

「豈可讓主公行險，你們呀……」

我們兩個回頭吐吐舌頭，主公想怎樣，難道我們拉得住嗎？

主公這回出擊，讓曹操嚇了好大一跳，聽探子回報，曹操對人講：

「生子當如孫仲謀呀！」

主公知道了很得意，還寫了信給曹操：「春日來了，江南即將進入梅雨季節，春雨連綿，閣下不認輸撤軍，難道想在這兒等死嗎？」

主公把信給我們看過，他還在信末多加一句：「你不死，孤哪會安心呀。」

聽說曹操看完了信，大笑：「好一個孫權呀。」

主公本來想激怒曹操，沒想到曹操竟然接受主公的建議，四十萬大軍就在一個月夜裡，退得乾乾淨淨。

輸得起，放得下，唉，連我都要對曹操有幾分敬佩了呢。

曹操走了，合肥城裡，留下張遼、李典和樂進，兵力只有七千。主公一得到消息，親率十萬兵馬進攻合肥，凌統一路跟我們說，男兒建功立業，就看今宵。

他說：「你們兩個加把勁，我的青羅傘蓋，就靠你們拿下來了。」

大柱子打包票：「抓了張遼，你記得跟主公要三把青羅傘蓋，一把給你，一把給于龍，另外一把，我要帶回家給我娘，老人家出門有把傘，多威風呀。」

大柱子的娘長得特別矮，一想到她拿青羅傘蓋的樣子，我就笑得差點兒從馬上跌下來。

我們隊伍發出來的笑聲，絕對會讓張遼害怕吧？

什麼曹操手下第一員大將，有勇有謀？凌統不信，馬鞭揚得高高的，一溜煙就衝到合肥城下。

十萬大軍打七千曹兵？七歲孩童都知道，贏定了。

沒想到，主公和我們先頭部隊才剛到合肥城下，城門突然打開，張遼竟然衝了出來。

七千打十萬？這是什麼道理呀？

我還弄不透他葫蘆裡賣什麼藥，張遼長槍一刺，第一小隊長被刺翻了，再一刺，第二小隊長也落馬了，張遼哇啦啦的大叫：「張遼在此，誰敢擋我？」

跟隨在張遼後的士兵並不多，每一個人卻都像不要命了似的，全朝主公衝來。我和凌統急忙護著主公退到小山上，親兵隊以長戟列陣，這才擋住蜂湧而上的曹軍。

張遼在陣外大吼：「孫權，過來決一死戰！」

主公氣定神閒的笑他：「張遼，看看後頭，你降不降呀？」

後頭？張遼回頭，江東大軍已經把他們這幾百個人圍了十幾圈。

張遼連忙帶著士兵向外突圍，好不容易殺出一條血路，卻還有數十人落在我們的包圍圈中。

那些士兵大叫：「難道張將軍要棄我們而去？」

張遼一聽，立刻又殺進包圍圈。氣人的是，我們有這麼多士兵，卻沒人攔得住他，只能眼睜睜看著他揚長而去。

「打，把合肥城打下來。」主公生氣了。

十萬個人打七千個人，應該很好打。

不料，合肥城又高又堅固，我們打了十幾天也打不下來，呂蒙、諸葛瑾都想不出妙計，主公只好下令撤軍。

無功而返，大家心情都很沮喪，十萬大軍成了一團亂，先出發的，後抵達的，全都撞在一塊兒，不知不覺，我們和主公竟成了殿後的隊伍，在逍遙津渡口等著渡船來接。

江水滔滔，但是聲音吵雜，那是……

殺聲震天，原來是張遼趁我們撤軍的空檔，領軍殺來。

撤走的部隊趕不回來，留下來的，就只剩下我們這一幫兄弟。退後，只有江水滔天；前頭，張遼的大鬍子清晰可見。

主公長槍擲出，正中一名敵軍。

「保衛主公。」凌統大叫，大柱子嚇傻了，忘了吹鼓號，凌統敲敲他的頭盔：「吹呀！」

嗚嗚嗚！號角響起，我們在主公前面勉強布置出一個圓形陣式。

甘寧像個天神，威風凜凜的站在最前頭：「別退，退一步，敵人騎兵一衝來，就散了。」

一個敵兵縱馬而來，凌統一箭射落他。

甘寧朝他點點頭：「兄弟們，保衛主公。」

我和大柱子也舉起刀來：「保衛主公。」

張遼的士兵雖多，一時半刻還攻不進來，他們轉而派人去破壞逍遙津渡口的橋。我們急著想送主公過橋，來到橋邊，原來的木板橋已斷，兩岸橋墩遙遙相望。

「主公，您快過去。」凌統大叫。

甘寧拚命斬殺出一條血路，凌統槍快，護著主公，好不容易跑到橋邊，那馬一見江水滔滔，竟然不跳。

「跳呀！」主公怒斥。

馬嘶鳴一聲，還是立在原地，拍牠打牠都沒用，甘寧衝來，一槍刺入馬屁股，馬吃痛，猛然一躍，帶著主公，躍過了江水。

主公一過江，我們幾個人回頭，張遼的士兵像潮水一樣湧來。

甘寧滿身血跡，凌統的頭盔掉了。這兩人互相看了一眼，互相拍了拍肩膀：「有死無回！」

大敵當前，那些恩恩怨怨，全被放到一邊了。

「對，有死無回。」我的長槍在陽光裡閃了閃。

「大柱子，吹號角吧！」凌統大喝一聲，「兄弟們，殺曹賊，保江東。」

「殺曹賊，保江東。」

「殺曹賊，保江東。」

我們的長槍狠狠刺進敵人的胸膛，旁邊，大柱子身上中了一箭，他的眼睛睜得好大，我衝過去，揮刀砍翻一個士兵，扶起他，聽得背後一陣風響……

天空很藍，陽光很溫和，很多人在我身邊來來去去，江水嘩啦啦的……

奇怪，有那麼一刻，我彷彿又回到了家鄉。

沒有殺伐，沒有戰爭的江南……

「魚龍使者……魚龍……」魚龍？于龍？

朦朧中，好像有人在很遠的地方叫我似的，我什麼時候成了一個使者了？

是我爹嗎？

可是那人看起來又像隻烏龜。

烏龜會講話？

想到這裡，我嚇了一跳，睜眼一瞧，一個黑色的鬼搖著我。

「鬼？」我完全清醒，正想大叫，那鬼摀住我的嘴。

「小魚郎，別叫。」是凌統，他稍稍把手放鬆。

我悄聲的問：「兄弟們……」

凌統搖搖頭：「沒了，先鋒營的弟兄們都不在了。」

「不在了？大柱子……」

他不說話，我急著掙扎著爬起來，這才發現自己就躺在爛泥巴裡，大概是作戰時，滾到江邊。爬起身，四周全是屍體。

「大柱子呢？」

凌統不答。

「甘寧呢？」提起他的仇人，我口氣有點謹慎。

「不知道……」他說：「我一直把他當仇人，他卻幾次救了我。這是亂世，誰又願意殺來殺去？就像他們，身在爛泥裡，誰分得清誰是曹兵，誰是吳兵？」

天黑後，我們摸到一艘船……

要回哪裡呢？

江水滔滔，嘩啦啦的流。

船經過一個小小的漁村，因為打仗，男人幾乎都跑光了，幾個小孩立在船頭望著我們，他們的眼光好澄澈，對著我揮揮手。突然，我看到一個特別高大的孩子，憨厚的笑呀，那神情，簡直就像……

「大柱子。」我忍不住低呼。

凌統看了我一眼，沒說話，船快水急，一下子就回到了東吳。

主公見到我們很高興，親自為我們換藥、更衣，說要賞我們一把青羅傘蓋。

以前，我和凌統整天就盼望有一把青羅傘蓋，但是這回……不知道為什麼，我一點兒也高興不起來。看看凌統，他的眼神一直很空洞，忍不住搖搖他。

他流著淚說：「我好想大柱子他們，先鋒營的弟兄呀……」

其實我也很想很想……

14 關羽失荊州

告別主公，沒有想像中的難。

凌統不想打仗，想回老家。主公不答應，他升凌統的官，派了一千個新兵給他訓練。

「于龍，你當凌統的副官，你們兩個去練兵，再給孤練一個勇敢的先鋒營回來。」

凌統沒說什麼，回到濡須塢，一千名士兵全交給甘寧。

甘寧沒死，他的馬馱著他回江東。

「你們把兵給我，你們自己呢？」甘寧問。

凌統望著我，我點了點頭。

他輕輕的說：「我想回家，我們老家在太湖邊，如果有一天又打起仗來了，我們就划著船，把湖當成家。」

「為什麼？你們還年輕，還有大好的前程。」甘寧不解。

凌統搖搖頭：「我的父親死於戰場，先鋒營的兄弟也全死在戰場上，我不想讓我的孩子，以後也失去父親。」

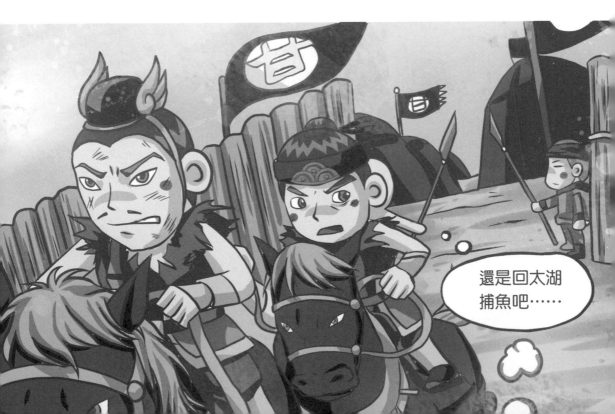

我說：「甘將軍，有空來太湖吃魚，我們那裡的魚好。」

我們快馬來到渡口，我把船槳一扳，小船離岸。

「你們……」甘寧騎著馬追來，想跟上船，但船快水急，一下子就將他抛到後頭。

他立馬站在山丘，右手用力的揮呀揮呀……

風很涼，我看看凌統，死裡逃生後，頭一次看到他笑得那樣歡暢……

「不後悔？」他問。

「後悔去釣魚嗎？」我笑，「永遠不後悔。」

太湖沒有變，這裡的江魚一樣鮮美。

凌統的孩子比我們家于邦早一年出生。

除了捕魚，我們也會去打獵，趁著把鹿皮交給老梁時，聽聽老梁講時事。

老梁常常要去江東城裡賣鹿皮，魯肅過世的消息就是聽他說的。

呂蒙打關羽的事也是他告訴我們的。

「你們不知道，那關羽的武器是青龍偃月刀，曾經溫酒斬華雄，還曾在官渡之戰裡，一刀砍掉顏良和文醜。」

老梁說得口沫橫飛，凌統和我對看一眼，很有默契的笑一笑：「真的呀？」

「哪裡有假？來來來，先喝一杯，我告訴你們……」

老梁的故事，聽起來很陌生，那些殺伐好像很遠了，但是又很熟悉，像是關羽。

關羽我見過一回，主公派我送信給他，他的身材極高，鬍子至少有二尺長，騎著赤兔馬，揮著青龍偃月刀，一出場就威風凜凜。

按照當年的約定：東吳把荊州借給劉備，等劉備有了領土，就得歸還荊州。

現在，劉備佔有益州，該還荊州了吧？

聽老梁說，關羽自負，主公派人跟他談收回荊州的事，他卻把使者趕走，連見也不見。

「你們說，氣不氣人？欺負咱們江東的人嘛！」

我笑一笑，這果然是關羽的為人，武功自負天下第一，從不把天下英雄看在眼裡。

老梁說，魯肅死了，東吳換成呂蒙當都督，呂蒙提議聯絡曹操，南北夾攻關羽。

關羽呢？關羽正全力往北打樊城。

關羽也不笨，他也知道江東的呂蒙厲害，所以在南方設下重兵防守，還沿著河岸設了峰火臺，如果南方被攻擊，士兵點烽火警告，關羽立刻乘船回守。

為了讓關羽放下戒心，呂蒙裝作舊病發作，四處散布他得了重病的消息，連主公都幫忙演戲，派人到前線把呂蒙調回來休養。

年輕的陸遜來到陸口，接替呂蒙。

陸遜寫信向關羽示弱，說：「陸遜只是江東一個年輕書生，擔任將領的工作，實在很不稱職。今後還得靠關將軍多多照顧呢！」

而後，關羽的軍隊陸陸續續北移了，他大概相信陸遜的話，對南方戒備沒有那麼緊了。

既然關羽把重心放在北方，主公便把呂蒙升為大都督，命他迅速襲擊關羽後防。

我問：「可是關羽有烽火臺呀，如果烽火一點，關羽又會揮兵南下，沒人擋得住關羽。」當年的顏良、文醜多麼英勇，關羽溫酒斬華雄，更是人人皆知的故事。

老梁說，呂蒙命東吳士兵把戰船改成商船，要士兵們躲進船艙，在甲板上的人，穿上商人的白色衣服，幾十艘江東戰船，搖身一變，成了一列向北出發的商船隊伍。

他們在天色昏暗的夜晚，悄悄的向北行進。

「幹什麼的？」防守的士兵喝道。

「去江北賣米。」

「天色已黑，商船靠江邊休息。」對方喊著。

「是是是。」東吳的商船靠了岸，關羽的守軍嘻嘻哈哈的聊天，他們真以為那只是一般的商船。敵人沒有戒心，東吳士兵立刻從船艙衝出來制住守軍，控制了烽火臺。

一個晚上的時間，關羽沿江所設的烽火臺全被控制住，東吳軍隊順利攻取南郡城。

呂蒙進了城，派人慰問蜀軍將士家屬，並且吩咐東吳將士嚴守紀律，不許侵犯百姓。有一個東吳士兵，是呂蒙的同鄉，因為天下雨，拿了老百姓家的一頂斗笠遮蓋盔甲。

這個士兵的行為，被告到呂蒙那裡，呂蒙雖然和他同鄉，但是軍令如山，不能不辦，還是依軍法治罪。

「只拿一頂斗笠都要判死刑？」

「那可是呂都督的同鄉呢。」

「哦，那要小心，千萬不要犯了軍法。」

一頂小小的斗笠，震動東吳將士，從此，再也沒人敢違反軍令。

東吳軍打敗關羽，關羽走投無路，最後來到小小的麥城，赤兔馬跑得雖快，卻跑不出呂蒙的算計之中。

打敗關羽，只是早晚的事。

老梁加了一句：「你們看，呂蒙是不是很厲害？」

凌統點點頭：「果然不是吳下阿蒙了。」

「那後來呢？」我問。

老梁呷了一口酒，說是關羽兵敗麥城，那時，幾十萬蜀軍陣亡、叛逃、投降的不計其數，最後只剩幾十騎，關羽也被埋伏的士兵捉住。關羽被送到江東。

「我有看到關羽。」老梁說：「那天我去城裡交鹿皮，你們沒看過關羽不知道，哇，他昂首闊步，棗紅色的臉，飄飄若仙的鬍子，雖然打敗仗，卻一點也不見苦相，果然是人中之龍呀。他的赤兔馬緊跟在他後頭，得兒得兒的蹄聲響著。」我可想見那畫面，馬不懂人語，不知何年何月，主人才能再騎上牠。

老梁說，主公勸關羽投降不成，一代名將，成了刀下魂，主公順利取回荊州後，又和曹操成了好朋友。

吳
主人，你要快點回來啊……

曹操高高興興的派使者來宣讀聖旨，主公升官了，成了南昌侯。

「你們看，關羽有什麼了不起，還不是被主公給殺了！」老梁說，「咱們東吳要旺了。」

「旺了？」我和凌統互看一眼，心裡想的應該都一樣，關羽是劉備的義弟，關羽死了，劉備會把帳算在誰頭上？

「快勸大家搬家吧。」凌統偷偷跟我說，「唉，主公不是一向跟蜀國交好嗎？」

「要怪，也只能怪魯肅過世得太早。」

「還有周瑜，如果周瑜在……」凌統嘆口氣，「江東人才，一去不回，主公身邊還有誰當大將？」

一想到連張老夫子都不在了，誰能在主公身邊提醒他該注意的事？

「你不也成了逃兵？」我反問他。

他嘆口氣，搖搖頭。

我沒空嘆氣，忙著要于家塢的人趕快搬家，只要能搬的東西就搬走，這場蜀吳大戰，勢不可免。

15 亂世英雄夢一場

不打仗，真好，沒有震耳的殺伐聲，沒有你死我活的拚搏，我好像一條游魚重回太湖一樣，好自由，好自在。

說游魚，我就真的變成了游魚。

那天晚上，我做了個夢，夢到我真的變成一條魚，渾身金鱗，游在無邊無際的藍裡。

最深最黑的藍色湖水裡，有棟金碧輝煌的宮殿，一個雙眼黑輪般的龍王爺喊著，要我去當什麼孤的大將。

一隻很老很老的烏龜說什麼，十年期限已滿，功德圓滿，可以回返

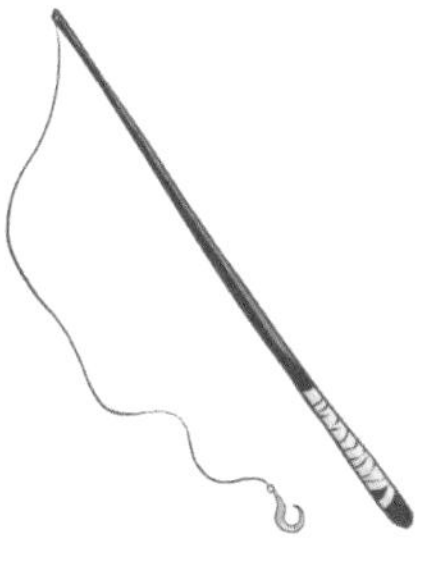

太湖龍宮了……

我還想問，人醒了。

醒來就聽到壞消息：劉備親自帶著大隊兵馬報仇來了。

七十萬大軍，人人都穿著白色的喪服，從四川順著長江攻來。

警報鐘聲，在東吳的大街小巷裡響著，示警的探子，來回穿梭。

幸好太湖寬闊，敵人不會來。

老梁也來島上暫住，他的十八家店面，全被蜀軍佔領。

「一把火燒掉巫縣，一把火燒掉秭歸，主公派出求和的使者，全被劉備殺了，主公只好讓陸遜當都督，給他五萬人馬去對抗劉備。」

「陸遜？那個打敗關羽的年輕將領？」

老梁點點頭，說陸遜一開始就不願意跟劉備硬碰硬，緊閉寨門，堅守不出。

「當縮頭烏龜呀？」我笑。

老梁也說：「是呀，他說什麼劉備帶領大軍東征，士氣旺盛，戰鬥力強。他們在上游，佔領險要地方，東吳不容易攻破他。要是跟劉備硬拚，萬一失利，丟了人馬，這是非同小可的事。希望能積蓄力量，考慮戰略。等日子一久，蜀軍疲勞了，再找機會出擊。」

「書生之見。」我大叫：「打就打嘛。」

老梁說，東吳的人也覺得陸遜太遜了，只會躲在城裡，偶爾站到城樓上看看風景。他好像沒看見對面山頭，蜀軍已經從巫縣到彝陵沿路紮下了幾十個大營，山坡上全是樹木編成的柵欄，把大營連成一片，前前後後長達七百里地。

「哇！七百里的大營，那就像七百里的長城。」

老梁嘿嘿一聲冷笑：「可不是嘛，陸遜說不動就不動，從春暖花開等到了炎炎夏日，那個陸遜就是能耐著性子看風景，還斜躺在城樓陰涼處看書呢。」

凌統哈哈大笑：「高竿高竿，我知道了，他在等機會。」

老梁拍著他的肩：「小凌呀，看不出來你有眼光，只是我們那時都不懂，大家天天罵陸遜，直到天氣熱到受不了了，他才動手。」

凌統斜瞄我一眼：「沒錯吧！」

我不懂：「主要關口要道，都被蜀軍佔了，怎麼打呀？」

凌統解釋：「劉備來報仇時，士氣旺盛，如果硬碰硬，東吳一定敗；僵持六個月後，他們的士兵吃不好，睡不好，天氣熱，他們的士氣低迷，這才是打勝仗的時候，對不對？」

老梁讚賞的看了他一眼：「小凌，真有你的，好像你打過仗似的。」

我差點脫口而出他本來就是破賊校尉，幸好凌統及時在我手上一按，我急忙噤聲。

老梁繼續說，東吳的士兵，在一天夜裡動手，人人帶著茅草和火種。那天晚上，風颳得很大，蜀軍的營寨都連在一起，點著了一個營，附近的營也就一起延燒起來。一下子就攻破了劉備的四十多個大營。

老梁說：「你們沒看到，我雖然沒在戰場，卻看見天空都被火光給照亮了，紅通通呀。」

那情形我見過，在赤壁。我可以想見，數不清的士兵在哀號，多少家庭破碎……

還好我們急流勇退……

「那後來……」凌統問。

「現在，東吳重新和蜀國修好，大家也都明白，如果我們兩國不合作，北方的曹操就會趁機南下，江南又有多少家庭要遭殃……」

「你的十八家店怎麼辦？」

老梁苦笑：「戰爭打過來，再大的店都沒有用。早知道聽你們兄弟的話，搬到太湖邊來住，人生多逍遙，多自在呀。」

他說的沒錯，這裡遠離戰場，這裡煙波蕩漾，凌統笑說：「真不知道當年在想什麼，天天殺來殺去。」

「就為了一把青羅傘蓋！」我笑凌統。

「誰知道那把傘蓋，現在裁下來，變成我女兒的長裙。」

「難怪我覺得眼熟……」

「小魚郎，你可不能說出去。」

「當然，當然，晚上到我家吃烤魚吧！」

「烤魚，太好了，要烤焦一點……」

他哈哈一笑，猶如清風一陣，至於那些殺伐征戰一統天下，就隨它去吧……

讀書會

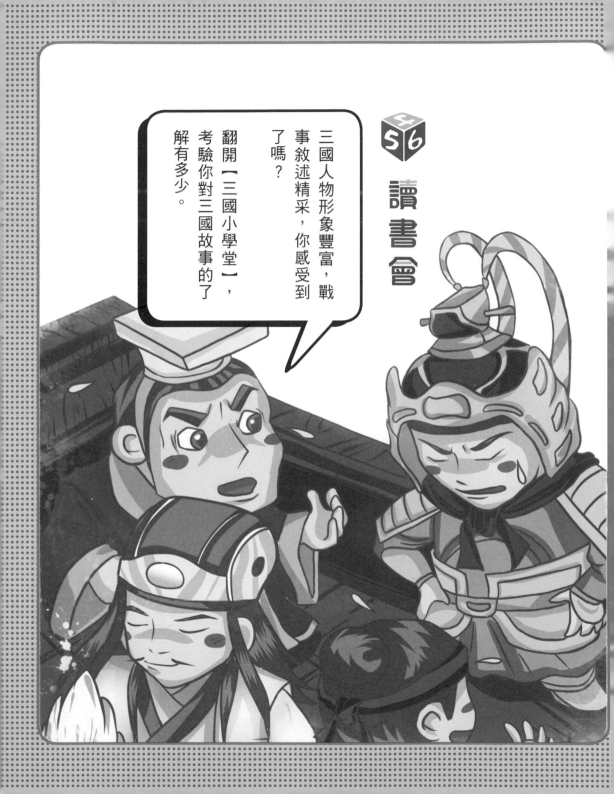

三國通大考驗

三國通不通，一試便知道！請依序回答以下三回合的問題，看看自己能得幾分？答案都在本書裡，請誠實點千萬別偷看喔。

第壹回合

1. 「桃園三結義」異姓稱兄弟的三個人，其中一個是關羽，另外兩個人是誰？
2. 漢朝末年，挾天子以令諸侯的梟雄是誰？
3. 派刺客到密林裡殺死孫策的人是誰？
4. 江東美女「二喬」，姊姊是大喬，妹妹是小喬。嫁給周瑜的是誰？
5. 曾自封皇帝卻敗給曹操，臨死前還討蜂蜜水喝的人是誰？
6. 「官渡之戰」中，敗給曹操的將軍是誰？
7. 被人稱「討逆將軍」的是誰？

8. 害呂布與董卓反目成仇的女子是誰？

9. 孫策對孫權的遺言：外事不決問周瑜，內事不決問「誰」？

10. 曾經是海盜「錦帆賊」的首領，後來投降孫權的人是誰？

第貳回合

1. 聽說曹操大軍南下，不戰而開城門投降、奉送二十萬大軍的人是誰？

2. 曹操大軍南下時，帶著十萬難民從新野逃到當陽的人是誰？

3. 曾經當過豫州牧，後人多稱他做「劉豫州」的是誰？

4. 曾經與孫策大戰三百回合，最後歸降孫策的江東名將是誰？

5. 曹操大軍即將南下前，周瑜早在江東哪個地方操練水軍備戰多年？

6. 江東有許多老將軍，後來曾與周瑜同為左右都督的人是誰？

7. 與周瑜配合演出「苦肉計」，詐降曹操的東吳老將是誰？

8. 為曹操謀士，與周瑜少時同窗，曾經想說服周瑜投降的人是誰？
9. 建議曹操將水軍的主力戰艦用鐵索相連的人是誰？
10. 造成三國鼎立的著名戰役是？

第參回合

1. 三國時代，東吳水軍常用的戰艦名稱是？
2. 赤壁之戰後，在荊州南郡與周瑜對戰多年的是誰？
3. 長坂坡名將，七進七出單騎救主，有「虎將」之稱的人是誰？
4. 在濡須塢捨命救出孫權的東吳名將是誰？
5. 用計謀使關羽大意失荊州的東吳都督是誰？
6. 關羽最後兵敗何處，遭東吳軍士生擒？
7. 帶著一百名敢死隊夜襲曹操，卻不損一兵一卒的東吳將領是誰？

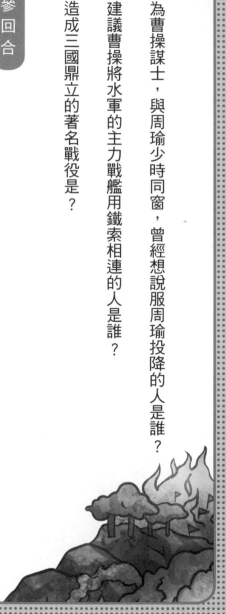

8. 以僅僅七千部隊卻擊退孫權十萬大軍的曹軍名將是誰？

9. 火燒連營，使劉備窮奔白帝城而逝世的東吳都督是誰？

10. 最後結束三國亂世的是什麼朝代？

答對一題得一分，請自己計算並查看以下說明：（答案請見第二一五頁）

0～10分——有一點遜，聽過《三國演義》這本書吧！

11～20分——你不錯，有看過《三國演義》喔！

21～29分——你很棒，常抱著《三國演義》睡覺是吧！

滿30分——服了你了，厲害的三國通！

看三國，學名言典故

你知道嗎？日常生活中許多耳熟能詳的成語是出自《三國演義》的故事喔！
請你試著找一找成語典故中的主要人物是誰，並練習應用成語造句子。

1 瑜亮情結 ——（　　和　　）
造句應用：

2 萬事俱備，只欠東風 ——（　　和　　）
造句應用：

3 賠了夫人又折兵 ——（　　和　　）
造句應用：

4 士別三日，刮目相看 ——（　　和　　）
造句應用：

5 錦囊妙計 ——（　　和　　）
造句應用：

6 指囷（穀倉）相贈 ——（　　和　　）
造句應用：

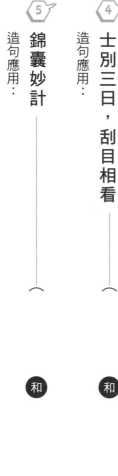

快問快答

1. 周瑜打黃蓋，人人見了反應不同。當一件事情發生時，你是不是也有不同的看法？我們平時該如何分辨事情的真偽、人心的善惡呢？

2. 凌統與甘寧有不共戴天的殺父之仇，後來卻成為生死之交。你覺得人生相交，最可貴的是什麼？

三國通答案

第壹回合

1. 劉備、張飛
2. 曹操
3. 許貢
4. 小喬
5. 袁術
6. 袁紹
7. 孫策
8. 貂嬋
9. 張昭
10. 甘寧

第貳回合

1. 劉琮
2. 劉備
3. 劉璝
4. 太史慈
5. 鄱陽湖
6. 程普
7. 黃蓋
8. 蔣幹
9. 龐統
10. 赤壁之戰

第參回合

1. 蒙衝戰艦
2. 曹仁
3. 趙雲
4. 周泰
5. 呂蒙
6. 麥城
7. 甘寧
8. 張遼
9. 陸遜
10. 晉朝

看三國，學名言

典故解答：

1. 周瑜，諸葛亮
2. 周瑜，諸葛亮
3. 孫權，劉備
4. 孫權，呂蒙
5. 諸葛亮，趙雲
6. 周瑜，魯肅

推薦文

當我們同看《三國》

東華大學中文系教授　王文進

今年的暑假，台灣中視開始播映二〇一〇年大陸新拍攝的九十五集《三國》電視連續劇。細心的觀眾逐漸會發現到：無論是人物的造型或情節的推展，似乎和一九九四年大陸中央電視台製作的八十四集《三國演義》有極大的出入。其中劉備變得極為英華內斂、遇事果斷明決，似乎不那麼全然依賴諸葛亮的神機妙算。孫權也變得聰明睿智，處理國家大政能調和鼎鼐，對於群臣正反兩派的激爭能順勢利導，毫無猶疑不決的焦躁。魯肅更是由以前那種始終在孔明與周瑜兩強鬥智漩渦中窘態畢露的左支右絀，搖身一變成為跟孔明一樣料敵機先、運籌帷幄的儒雅高士。甚至可以在荊州之爭中義正辭嚴的折服歷來為三國迷視為最高偶像的關雲長。如此撲朔迷離的變動，究竟何者為是？何者為非？相信大家一定開始感到困惑不解。

歷史小說的新熱潮

其實一九九四年大陸中央電視台八十四集的連續劇是完全根據中國明代四大小說之一《三國演義》改編而來，除了極小部分情節的更動之外，編導強調的是忠於小說原著。雖然小說原著並不吻合歷史上真正發生過的真實或是西晉史學家陳壽所寫的《三國志》，但由於小說中所塑造的聖君、賢臣、勇將的忠孝仁義深入中國文化的各個層面，故而早已被當成「正史」一般加以傳頌、詠歎。而二〇一〇年新版的九十五集三國連續劇則是蓄意掙脫小說《三國演義》的束縛與框架，企圖加入一些更早的史籍資料，再重新予以組合。

所謂歷史中更早的史籍，大致可以回歸到陳壽的《三國志》及裴松之的《三國志注》。因為三國的這一段歷史，最早是由西晉的陳壽在三分歸晉之後的十年左右，也就是公元兩百九十年前後，以史書的形式《三國志》加以記錄。而後在事隔一百三十幾年後，劉宋王朝的裴松之又收集了一百多本史書加以補充陳壽《三國志》對三國歷史人物的紀錄，對於重新拼湊三國歷史真相的工作有極大的意義。二〇一〇年新版的三國連續劇其實就有些部分嘗試跳過小說《三國演義》，直接就三國史籍的源頭重新編寫一套三國群雄稱霸史，卻因此使長期執迷於小說《三國演義》的三國迷陷入困惑與錯愕。

平衡史實與虛構情節的改寫

這一套兒童版【奇想三國】，其實也同樣面對如何重新塑造處理三國英雄人物的難題。如果延續小說《三國演義》的文獻紀錄來寫諸葛亮與劉備的英勇事蹟，當然是順水推舟、事半功倍。因為小說《三國演義》本來就是以「擁蜀抑曹」為立場的敘述角度；諸葛亮的神機妙算與劉備的仁義兼備只要順著小說原來的旋律加以改寫，就足以令人悠然神往。但是若要用同一筆調描寫孫權就扞格不合了，因為《三國演義》雖然表面是寫三國逐鼎之爭，骨子裡小說家的敘述角度卻巧妙的落在蜀魏爭霸的動線上，而孫吳其實一直是被邊緣化與丑角化。試看其赤壁英雄周公瑾，始終被寫成一個心胸狹窄，不識大體的輕佻之士；而魯肅也只是一位唯唯諾諾的甘草人物。但歷史上的孫權連曹操都不禁讚歎：「生兒當如孫仲謀」，而魯肅對天下大勢的精準分析，比諸葛亮的「隆中對」更要早了七年。他的身材魁武雄壯，也絕不是平劇上略顯駝背、不堪負重的造型。所以本系列寫到孫權的時候，就不得不跳過小說《三國演義》。因為《三國演義》的孫權在周瑜的慫恿下，居然天真的想用自己的妹妹當釣餌，去誘騙劉備過江招親，結果落了個「賠了夫人又折兵」的笑柄。別忘了歷史上的孫權深黯天下大勢之所趨，知道唯有把荊州借給劉備，讓劉備替孫吳去阻擋北方的曹操，才是對東吳最有利的規劃。這一些都是要由《三國志》及裴松之引據的相關史料來加以重新推測組合。

拉近讀者與歷史之間的距離

所以本系列依據的典籍，大略可分成兩個系統：「劉備」、「孔明」、「曹操」大致根據的是小說《三國演義》，而「孫權」的傳略事蹟根據的則是陳壽《三國志》及裴松之的《三國志注》。當然我們不會期望小讀者對於三國故事的來源能如此窮根究柢，我們最大的期望是小讀者們能經由這四個三國人物的事蹟及其傳奇風采，逐漸進入三國故事宏偉的旋律中，進而激發其對歷史故事的思考。希望將來他們成年之後，能經由童年所培養的興趣，而發展出真正探討歷史真實的能力。因為我們相信一個有能力探討歷史的青年，一定是領導社會的卓越菁英。

換句話說，本系列在改寫的過程中，態度是極為嚴謹的。雖然為了提高小讀者閱讀的興趣，採取了兒童文學敘述的筆調，並分別虛構了四個敘述者的角度，企圖拉近英雄人物的歷史舞台與小朋友心靈世界之間的距離，但是有關史籍的引用卻是極具分寸的。若非根據小說《三國演義》加以改寫，就是間接援引《三國志》及《三國志注》的資料，其來龍去脈大致有跡可循。

相信有一天閱讀這套讀物的小朋友進入高深的求學領域時，這套書仍然可以經得起他們的回味及探究，而成為其成長過程中永遠迴盪的主旋律。

推薦文

如果拿《三國演義》當國語教材……

北投國小資優班老師　陳永春

在高年級國語課中進行「導讀三國演義」教學多年，初期是以「人物研究」做為資優班選修的課程。後來擔任普通班高年級導師，從國語課本中選錄「草船借箭」進行延伸，全班幾乎也能把《三國演義》裡近八個回合所描述的赤壁之戰，整個讀過一遍。

「古典文學中的文言文，對學生來說不會很難嗎？」常有家長和老師們這樣問我。其實孩子們對這些帶著神秘氣氛的歷史故事，並不陌生啊！許多小朋友，都是經由電玩、漫畫、動畫開始接觸《三國演義》的。這些經驗基礎，只要適當的引導，「借力使力」透過電影、戲劇中的對白，適時「引經據典」一番，文言文就不再生硬陌生；反而文言文中對仗的、精簡的、充滿象徵意味的文字，更能表現一些獨特的美感，甚至吸引他們也想自己寫寫看呢。

經典故事導入教學

中高年級學生的閱讀傾向，適合閱讀「傳記類」、「歷史性」的小說；而《三國演義》中人物之多、事情變化之曲折，人情事理中顯露出人性的種種狀態，都可提供學生「學得了做人與應世的本領」。經典之所以成為經典，必有可觀之處。經典是可以跟現在正在發生的生命狀態產生對話、允許辯論、質疑和討論的。

而在教學設計上，要有教學理念的高度，也要有適合孩子口味的親和力。孩子學習動機強，就能廢寢忘食、深入鑽研，激發令人驚喜的潛力。「導讀三國演義」課程，就是希望藉由對小說情節的討論，讓學生有能力檢視自己的生活經驗與人際關係。既然是討論，就不必有標準答案，不管贊成或反對，都要說明理由，以培養深度思辨的能力。

天下雜誌童書出版的【奇想三國系列】是專為國小中高年級出版的中長篇小說，每一本故事都有一個虛擬人物來串連主角的人生，以這個虛擬人物的角度來看主角的功過。例如《九命喜鵲救曹操》是由一隻九命喜鵲的角度來看曹操的一生；《萬靈神獸護劉備》則是有一個「守護龍」來推劉備上皇帝的寶座。虛擬人物增加了故事的新鮮及趣味度，史實的部分則是以《三國演義》與《三國志》為基礎。同樣的故事情節，在不同的人物傳記裡，也呈現了不同角度的敘寫，讓讀者有不同的觀察與思考。

例如「孔明借東風」一段，在《影不離燈照孔明》中是這樣寫的：

（孔明）寫好了以後，把藥方交給周瑜看，上面寫著：

欲破曹公，宜用火攻。萬事俱備，只欠東風。

周瑜看了，臉上露出苦笑，他說：「原來先生早就知道我的病源，那麼該用什麼藥來治？」

主人（孔明）告訴周瑜：「如果都督需要東南風，可以在南屏山建一座『七星壇』。孔明就在那兒作法，借來三天三夜的東南大風，幫助都督順利火攻曹營。您覺得這藥方如何？」

周瑜說：「不必三天三夜，只要一夜大風就夠了。現在時機成熟，我們不能再等了，立刻去做吧。」

「那麼就訂在十一月二十日作法，如何？」

在《少年魚郎助孫權》中是這樣寫的：

周瑜的病，諸葛亮說他會醫。

這倒奇了，周瑜派龐統去治曹操的偏頭痛，諸葛亮卻來醫周瑜的病。

「心病需要心藥醫，都督萬事俱備，只欠一樣藥引。」

瞧諸葛亮說得煞有其事的，連主公都忍不住問：「那，欠了哪樣藥引？」

諸葛亮大筆一揮，白紙上赫然出現「東風」二字。

周瑜掙扎著從床上起來，瞪著諸葛亮問：「可惜隆冬臘月，何來東風？」

諸葛亮一笑：「依我看，近日天氣回暖，尤其白日，晴空萬里，江面平靜無波，倒有幾分三月小陽春。」

周瑜蒼白的臉上，呈現出笑容了：「意思是……」

諸葛亮大笑：「都督速速回到軍中，東風一至，這場大戰要上場啦。」

以經典文學培養思辯能力

古典而文言的歷史故事，能透過活潑、有趣的小說筆觸，引領孩子更有興趣的學習語文；它帶給孩子們一種對知識的態度，也形成有厚度的人文思維。由於現今社會大環境，較少人討論經典，很少人教授經典，年輕人也鮮少受到經典的影響；或許我們可以

從設計流行文化著手，也可以切身的議題做為誘因，「以經典教育提升中文力，並培養小讀者的思辨能力」。

日前，在報紙上讀到一篇關於周瑜在打贏赤壁之戰，幾個月後卻病倒猝逝的醫學解析。原來在《三國演義》中所描寫的「三氣周公瑾」，是周瑜嫉妒諸葛亮，反處處被譏而致箭瘡復發吐血而亡。但透過作者醫療專業背景的分析：周瑜在與曹仁對峙時被流矢射中右肋，第一時間沒有死亡，表示箭傷應該沒有深入胸腔，傷及心臟及大血管；但如果是皮肉之傷，以周瑜羽扇綸巾的本錢，傷口也應該早就癒合，又何來舊傷復發致死呢？合理的推論是，這枝利箭是深及胸腔，但沒有傷及重要器官，所以不會出血致死；但是細菌感染卻慢慢由皮下深入胸腔，在當時沒有抗生素可以使用，又沒有好好休息的情況下，身體的免疫大軍自然節節敗退。

這些類似CSI犯罪現場的第一手實況報導，也算是開展了對經典文學的另一種閱讀面向吧。

國家圖書館出版品預行編目資料

少年魚郎助孫權 / 王文華文；托比圖. -- 第一版. -- 臺北市：天下雜誌, 2012.09
224 面；17*21公分. -- (樂讀456系列；20)
ISBN 978-986-241-584-9（平裝）
859.6　101015831

少年魚郎助孫權

作　　者｜王文華
繪　　者｜托比

責任編輯｜許嘉諾
特約編輯｜游嘉惠
美術設計｜林家蓁、蕭雅媜
行銷企劃｜葉怡伶

天下雜誌群創辦人｜殷允芃
董事長兼執行長｜何琦瑜
媒體暨產品事業群
總經理｜游玉雪　副總經理｜林彥傑
總編輯｜林欣靜　行銷總監｜林育菁
副總監｜李幼婷
版權主任｜何晨瑋、黃微真

出版者｜親子天下股份有限公司
地址｜台北市 104 建國北路一段 96 號 4 樓
電話｜（02）2509-2800　傳真｜（02）2509-2462
網址｜ www.parenting.com.tw
讀者服務專線｜（02）2662-0332　週一～週五：09:00~17:30
讀者服務傳真｜（02）2662-6048
客服信箱｜ parenting@cw.com.tw
法律顧問｜台英國際商務法律事務所．羅明通律師
製版印刷｜中原造像股份有限公司
總經銷｜大和圖書有限公司　電話：(02）8990-2588

出版日期｜ 2012 年 9 月第一版第一次印行
　　　　　 2024 年 4 月第一版第二十七次印行
定　　價｜ 280 元
書　　號｜ BCKCJ020P
ISBN ｜ 978-986-241-584-9（平裝）

訂購服務
親子天下 Shopping ｜ shopping.parenting.com.tw
海外．大量訂購｜ parenting@cw.com.tw
書香花園｜台北市建國北路二段 6 巷 11 號　電話（02）2506-1635
劃撥帳號｜ 50331356 親子天下股份有限公司

小時候會讀、喜歡讀，不保證長大會繼續讀或是讀得懂。我們需要隨著孩子年級的增長提供不同的閱讀環境，讓他們持續享受閱讀，在閱讀中，增長學習能力。這正是【樂讀456】系列努力的方向。——中央大學學習與教學研究所教授 **柯華葳**

系列特色

1. 專為已經建立閱讀習慣的中高年級以上讀者量身打造。
2. 兩萬到四萬字的中長篇故事，培養孩子的閱讀續航力。
3. 多元化題材及結構完整的故事內容，全面提升閱讀、寫作及表達能力。
4. 「456 讀書會」單元，增進深度理解與獲得新知。

妖怪醫院

世上絕無僅有的【妖怪醫院】開張了！
結合打怪、推理、冒險……「這是什麼鬼！？」
新美南吉兒童文學獎作家富安陽子
最富「人性」與「療效」的奇幻故事

故事說的是妖怪，文字卻很有暖意，從容又有趣。書裡的妖怪都露出了脆弱、好玩的一面。我們跟著男主角出入妖怪世界，也好像是穿越了我們自己的恐懼，看到了妖怪可愛的另一面呢！

——知名童書作家 **林世仁**

生活寫實故事，感受人生中各種滋味

★「好書大家讀」入選

★教育部性別平等教育優良讀物
★文建會台灣兒童文學一百選
★中國時報開卷年度最佳童書
★新聞局中小學優良讀物推介

★中華兒童文學獎
★文建會台灣兒童文學一百選
★「好書大家讀」年度最佳讀物
★新聞局中小學優良讀物推介

創意源自生活，優游於現實與奇幻之間

★「好書大家讀」最佳讀物
★文化部中小學優良讀物

★新聞局中小學優良讀物推介

★「好書大家讀」入選